생전 사십구일

生 前 四 十 九 日

생전 사십구일

生 前 四 十 九 日

하세가와 히로코 · 하세가와 히데오 지음 | 마키야마 쿠미 옮김

한스컨텐츠

이 책은 우리 부부의 삶을 기록한
아이들에게 주는 선물

이 책을 출판하는데 발 벗고 나서준 간자와 대표에게 진심으로 감사합니다. 그리고 번역을 해준 마키야마 쿠미 씨는 2019년 3·1운동 100주년 전날 서울 시내에서 〈이키타히〉를 상영해주었는데, 이번에 한국어판 출판을 위해 직접 나서주어 참 고마웠습니다.

또 전국 곳곳에서 상영회와 집필 활동을 병행할 때 빈집을 지켜준 네 명의 아이에게 고마움으로 가득합니다. 항상 고맙습니다. 이 책은 우리 부부의 삶을 기록한 아이들에게 주는 선물이기도 합니다.

무엇보다 시부모님께 감사합니다. 자식이 부모보다 먼저 가는 것이 얼마나 괴롭고 외로운지, 같은 씨름판에 서지 않는 한 그 경지에 이르지 못할 것입니다. 하지만 자식의 죽음이 헛되지 않았다는 것, 오히려 그것이 세상에 좋은 의미로 더 큰 영향을 끼치고 있음을 알리고 싶었고, 며느리로서 할 수 있는 최선이기도 했습니다.

당시 열 살이던 큰손자를 부둥켜안으며 다부지게 눈물 한 방울 흘리지 않고 관에 묻힌 남편을 바라보는 시어머니의 모습을 잊을 수 없습니다. 당신의 뱃속에 우리 남편이 있었구나 하고 그 정을 뼈저리게 느끼게 되었습니다.

남편이 죽고 나서 반년이 지났을 무렵, 시아버지로부터 편지를 받았습니다. '부모가 아이들에게 배우는 것은 없다고 생각했지만, 나는 히데오의 삶에서 배운 게 있다. 장례식의 조사를 읽어준 사람들을 통해 우리 고장의 소중함을 알게 되었다'라는 내용이었습니다.

그 후 시아버지는 지역 자치회의 행사에 적극적으로 참여하게 된 것 같고, 그 과정에서 부자간의 유대를 느끼고 있습니다.

친정 부모님께는 감사와 동시에 죄송스러울 따름입니다. 먹는 것도 자는 것도 잊고 전국을 날아다니는 나의 몸과 집에 남겨진 아이들을 걱정하는 부모님 마음을 알면서도 걱정이 부담스러워 특히 친정엄마와 자주 다투었습니다. 걱정보다는 신뢰해주었으면 했을 뿐인데, 내 생각만 주장하고 있었던 것 아닌지 싶습니다.

영화 〈이키타히〉의 글씨는 친정엄마가 붓으로 써주었습니다. 영화의 엔딩 크레딧에 친정엄마의 이름이 올라갈 때마다 엄마의 얼굴이 스쳐 지나갔습니다. 친정아버지도 멀리 떨어져 있는 딸을 생각하겠지요. 어째서인지 차를 운전하고 있으면 아버지의 "어떤 일이든 서두르지 않아도 돼"라는 말이 아키타 사투리로 들려옵니다.

그리고 이 책의 표지 그림을 그려준 큰딸은 남편이 사망했을 때 중학생이었는데, 남편이 죽은 뒤 제2의 남편처럼 나를 지탱해주었습니다. 약학 박사였던 남편의 일을 물려받고 싶었던 큰딸은 약학부를 졸업한 후 '약보다 음식', '치료보다 예방'을 모토로 관리영양사로 활동하고 있습니다. 그런 큰딸에게 표지 디자인을 의뢰했더니 마치 남편이 딸의

서문

손을 빌려서 그린 것처럼 내 생각대로 그림을 완성해주었습니다. 작은 잎은 자연과의 공존을 상징합니다. 우리는 식물이 없으면 살 수 없기 때문입니다. 하얀 손과 다른 손은 하느님과 인간, 조상님과 우리의 상징이기도 하고, 두 손은 항상 손을 잡고 살고 있다는 것이죠. 남편과의 공저에 내 생각과 어머니의 글씨와 딸의 그림이 겹쳐져서 각각의 기도로 결집되어 한 권의 책이 되었습니다.

남편은 생전에 인삼 약학 박사로서 일본과 한국을 연결하는 다리 역할을 하고 싶다고 말했었습니다. 남편의 저서 《인삼 '사포닌 대사물(FG)'은 암을 정복할 수 있다》가 한국어로 출간된 지 20년이 되어갑니다. 지금 시간이 흘러서 남편과 저의 공저가 한국에서 번역 출판되어, 누구보다 남편이 기뻐하고 있을 것이라 생각합니다. 남편의 소원의 결집이기도 한 이 책이 한 사람이라도 더 많은 분에게 전해지기를 기원합니다.

차 례

인생의 막을 내리는 아침

정든 우리 집 다다미방 한가운데 누운 남편, 그리고 곁
잠을 자는 나. 그 주위에는 순진한 얼굴로 새근새근 잠든
네 명의 아이가 있습니다.

그 평온한 광경을 홈비디오 카메라로 촬영하던 열다섯
살 된 큰딸이 말했습니다.

"아빠 이마가 꼭 후지산처럼 생겼네."

나는 재차 남편의 얼굴을 들여다보았습니다.

"그러고 보니 그런 것 같기도 하고. 아빠는 잘생겼어. 왠
지 쿠게(헤이안 시대의 상급 관인) 같은 얼굴을 하고 있지."

"아니, 쿠게라니요?"

"봐, 사극에서 '짐은…' 이런 말 있잖아."

"아."

모녀의 평소 같은 대화에서 아주 조용한 시간이 천천히
흘러가고 있었습니다.

이날 아침 남편은 4년 전 완성한 우리 집에서 가족에게 둘러싸여 47년 인생의 막을 내렸습니다. 나와 아이들은 남편의 시신을 따라가며 아직도 남아 있는 몸의 온기를 받고 있었습니다.

제1장
산도

암을 연구해온
남편이 암에

남편의 직업은 약학 박사였습니다. 끊임없이 사람의 건강을 생각하고 연구에 몰두하는 사람이었습니다. 현미경을 들여다보며 연구 논문을 쓰고, 그것을 바탕으로 책을 출판하고, 대학 강단에서 강의도 했습니다. 말기 암을 선고받고 의사로부터 버림받은 환자와 상담을 한 적도 있고, 그 뒤에 생환한 사람도 몇 명이나 있습니다.

약학 특허도 몇 개인가 취득하고 있어 숨을 거두기 전날에도 특허를 하나 출원해 인가받았습니다. 한마디로 남편은 마지막 순간까지 연구자였습니다.

남편의 병은 왼쪽 귀 바로 아래에 종양이 생기는 귀밑샘 암(이하선암)이라고 합니다. 처음으로 목에 응어리를 느낀 건 14년 전이었다고 사망하기 3주 전에 내게 털어놓았습니다. 본인도 지방 덩어리 정도로밖에 생각하지 않았던 모양입니다.

항상 사람의 건강과 마주하고, 특히 암 연구에는 열심히 임하던 남편조차 자신의 몸 안에 발생한 이상은 자가진단이 어려웠을지 모릅니다.

사망하는 해의 정월에 그 응어리가 커지며 위화감이 들어 근처의 이비인후과에서 진찰을 받았을 때, 괜찮을 것입니다만, 신경이 쓰인다면 만약을 위해서라며 큰 병원에 소개장을 써주어 자세한 검사를 받았습니다.

그 결과 악성 종양의 가능성이 있다는 진단을 받고 5월에 적출 수술을 받았습니다.

응어리가 풀리고 말끔해진 자리가 암으로부터 완전하지 않을 가능성이 있다며 방사선 치료를 권유받아 순순히 따랐지만, 9월에 재발했습니다.

벡터가 다른 부부

연구자인 남편에 비해 아내인 나는 어떤 사람인지 궁금할 것입니다. 프리랜서 아나운서이며 MC를 보거나 체조 지도를 하고, 또 어떤 때는 아티스트로서 피아노 연주에 맞춰 노래하거나 춤추는 것이 일상인 전혀 '벡터가 다른 부부'입니다.

우리 부부는 꽤 사이가 틀어져 있었고, 결코 그림을 그린 듯한 화목한 분위기는 아니었습니다. 결혼한 지 10년 차에 접어들 무렵, 남편은 다니던 회사를 그만두고 독립해서 연구소 겸 회사를 만들어 그 어느 때보다 업무 중심의 생활을 하고 있었습니다.

둘이서 집에 있어도 남편의 머리 위에는 항상 보이지 않는 풍선 같은 것이 부풀었다가 오그라들고 있었고, 그 속에는 일밖에 없는 것처럼 보였습니다. 그런 사람에게 집 안의 세세한 것까지 말하는 게 미안하기도 하고 말해봤자 소용없을 거 같았습니다.

네 아이의 뒷바라지로도 벅차서 점차 부부의 대화가 줄어들더니 동거인 같은 관계가 되었습니다. 대화라고는 "다녀오세요. 오늘은 몇 시에 들어와요?" 정도였습니다.

남편과 아이들과의 관계도 보편적이지 않았습니다.

일요일이면 집 근처에서 아들의 또래들은 아빠와 캐치볼을 하기도 합니다. 남편에게 이렇게 물어본 적이 있습니다.

"동네 애들이 아빠와 노는 걸 보고도 당신은 아무 생각이 없어요?"

"어, 우리 이웃이 그랬던가?"

놀란 듯이 말하는 남편은 생각이 없었을 뿐 아니라 이웃의 부모와 아이의 노는 모습조차 눈에 들어오지 않는 듯했습니다.

남편은 나름대로 아이들을 소중히 생각하고, 귀여워하고

있었습니다. 당황해서 이웃의 흉내 같은 것을 해보았지만, 평소에 익숙하지 않아서인지 어딘가 무리가 있었고 아이들도 위화감이 있어 보였습니다.

하지만 남편의 어린 시절 이야기를 들어보니 결혼 후 부모가 된 그의 언행을 조금 이해할 수 있었습니다.

남편은 초등학교 때부터 일본의 미래를 걱정하며 '이런 작은 섬나라는 세계에서 버려지면 살길이 없다'라고 진지하게 생각했답니다. 초등학생 때 이런 질문을 해 선생님을 곤란하게 했습니다.

"선생님, 세계에서 일본은 어떻게 해야 살아남을 수 있습니까?"

"하세가와는 그런 생각을 하지 않아도 된다."

남편은 대학에 빨리 가서 자유롭게 공부하고 싶었답니다. 그러나 '공부벌레'라기보다는 자연에서 뛰어노는 것을 좋아해 매일 어두워질 때까지 밖에서 놀았던 모양입니다.

암이 잿더미로 변하다

나는 남편에게 짜증이 나거나 화가 나면 금세 입을 굳게 다물어버리는 일이 간혹 있었습니다.

상대방에게 생각을 말로 제대로 전달하면 좋을 텐데 그게 잘되지 않아서 커뮤니케이션할 수 없는 일이 잦았습니다. 그것을 나름대로 해소하는 방편으로 그저 노트에 적어두었습니다.

남편의 이름을 적거나 남편을 공격하는 내용이 아니라 남편을 순순히 받아들일 수 없는 자신에 대한 비난을 오직 문자로 썼습니다.

'결국 나쁜 건 나야'라든가 '그래서 나는 안 되는 거야'라는 자기부정의 세계입니다. 그렇게 적음으로써 자신을 정리해왔던 것 같습니다.

어느 날 문득 '이런 걸 적어서 무얼 하나? 내가 이런 노트를 쓰니까 남편이 암에 걸렸나 보다'라는 생각에 과감히 불태우기로 했습니다. 이런 노트의 존재는 아이들에게도 좋을 리 없습니다.

아이들이 잠든 밤, 부엌에서 노트를 한 장씩 찢어 불태웠습니다. 한순간에 활활 타오르다가 작게 줄어들어 재가 되어가는 노트를 가만히 보고 있으니, 남편의 암과 겹쳐져 몸에서 암이 조금씩 사라져가는 이미지가 떠올랐습니다.

그리고 남편에게 처음으로 털어놓았습니다.

"이런 노트를 쓰고 있었어요. 하지만 전부 불태웠어요."

"한심하다. 그래도 불태워주었네. 왠지 살아날 것 같아."

그 일로 남편과의 마음이 처음으로 하나가 되어 '이 사람과 흰머리가 될 때까지 일생을 함께하고 싶다'라고 강하게 느낄 수 있었습니다.

남은 생명이 반년

암이 재발했다는 통보는 동시에 시한부 선고를 의미하기도 합니다. 그날 병원에서 의사로부터 설명을 들어 알고 있었지만, 아무래도 빠질 수 없는 콘서트의 MC 일이 있었습니다.

내가 화려한 의상을 입고 스포트라이트를 받으며 사람들 앞에 서서 마이크를 잡고 있을 때, 남편은 외로이 6개월 시한부 선고를 받았습니다.

일을 마치고 귀가하니 입원해 있어야 할 남편이 집에 있었습니다.

"앞으로 6개월밖에 안 남았대."

남편의 입에서 그런 말이 나오는 순간, 시간이 멈춘 것 같았습니다. 조금 전까지 박수갈채 속에 있었는데 무대 위에서 나락으로 떨어지는 듯한 기분이 들었습니다.

불안해하는 내게 남편은 냉정한 어조로 말했습니다.

"수술은 어려우니까 항암제를 투여하자는데, 그런 걸 몸속에 넣을 바엔 스스로 낫겠다고 퇴원하고 왔어."

그때의 강한 의지로 가득 찬 남편의 얼굴은 지금도 선명하게 기억하고 있습니다. 정확하게는 남편과 의사 사이에 이런 대화가 오갔다고 합니다.

"선생님은 남을 도와주고 싶어서 의사가 되셨습니까?"

"물론입니다."

"암을 제거하기 위해 해당 부위를 수술로 잘라내든지, 방사선으로 태우든지, 항암제로 잡든지, 이 세 가지 치료로밖에 환자를 대할 수 없다면 선생님이 안쓰럽습니다. 항암제는 필요 없습니다. 됐습니다."

이렇게 말하고 남편은 그 병원을 빠져나왔답니다.

이때를 계기로 남편은 마치 어떤 스위치가 켜진 것처럼 그이답게 암과 마주할 의욕을 전면에 내세웠습니다.

담당 의사가 내린 시한부 선고를 그대로 받아들였다면 불안에 휩싸였겠지만, 남편의 의연하고 긍정적인 모습에 용기를 얻어 '이 사람은 반드시 극복할 것이다'라는 확신을 가질 수 있었습니다.

동네 뒷산을 매일 오르다

암을 분석해온 남편은 스트레스가 암의 가장 큰 원인임을 잘 알고 있었습니다.

부부끼리 어쨌든 웃자라는 데 의견의 일치를 보게 되어 지인으로부터 아야노코지 키미마로의 만담 CD를 빌려 함께 듣기도 했습니다. 남편은 열심히 듣더니 웃기는커녕 만담 분석을 시작해버렸습니다. 남편의 그런 모습을 보고 내가 웃으면서 웃는 법을 모른다고 했더니 그것이 대단히 충격이었고 불쾌했다고 나중에 들었습니다.

면역력을 높이려면 적당한 운동이 필요해서 함께 동네

히와다산을 매일같이 올랐습니다.

수술로 왼쪽 절반의 안면 신경을 잘라낸 남편의 얼굴은 왼쪽 눈은 항상 뜬 상태에 왼쪽 입꼬리가 내려간 꽤 일그러진 모습이었습니다. 걷다 보면 지나가던 사람들이 흠칫 놀란 듯한 표정으로 남편의 얼굴을 보았습니다. 그리고 다음 순간에는 마치 봐서는 안 될 것을 봐버린 것처럼 황급히 시선을 돌리는 느낌이었습니다.

"너처럼 TV나 강연에서 사람들 앞에 얼굴을 내미는 일이 아니어서 다행이야. 교수로서 학생 앞에서 강의하는 것도 잘하는 것도 아니었고…."

남편은 자신에게 타이르듯이 중얼거리는 한편 한탄하기도 했습니다.

"이러니 마치 미녀와 야수 같네."

거울에 비치는 자신의 얼굴을 보는 일은 상당히 힘들었을 것입니다.

길거리를 나란히 걸을 때 남편은 내게 항상 예쁘게 하고 다녀달라고 부탁했습니다. 화장을 잘 하고, 옷매무새를 가다듬고, 사람들의 시선이 나를 향할 수 있도록…, 그런 뜻입니다.

늘 남편의 왼쪽을 가리는 방패막이가 된 것처럼 왼쪽 대각선 앞을 걸었습니다. 크게 눈을 뜨고, 입꼬리를 끌어올리고, 싱글벙글 미소를 지으며 슬픔을 느끼지 못하는 듯한 표정으로 가슴을 펴고 당당하게 걸었습니다.

억지웃음이 아니었습니다. 틀림없이 남편은 건강해질 것이라고 확신했고, 언젠가 이 상황조차 자랑스럽게, 그렇게 이야기할 수 있는 날이 오리라고 굳게 믿었습니다.

우리 부부는 맏딸이 태어나서 부모가 된 이후로는 손을 잡는 일이 없었는데, 이때부터 항상 손을 잡고 다니면서 작은 행복을 찾았습니다. 그러나 남편의 손은 날이 갈수록 부어 물풍선처럼 변해갔습니다.

우리는 서로 정보를 모으고 민간요법 같은 것도 꽤 시도했습니다. 식사를 하면 섭취한 영양을 암이 거의 빼앗아가므로 식사량을 극도로 줄여 몸을 기아 상태로 만들어도 보았습니다.

목에 생긴 암이 식도를 압박해 음식을 넘기기 힘든 상황이어서 채소와 과일을 으깨어 주스처럼 마셔보았지만, 입술 절반의 신경을 잃어버려서 한 컵의 절반 가까이를 주르륵 흘렸습니다.

절망적인 이야기 뒤에

어느 날 새벽, 남편의 상태가 급변해 구급차를 불러 병원으로 향했습니다. 그날 오전과 오후에 라이브 이벤트로 노래를 부르는 일이 있었습니다.

오전 무대는 사정을 설명한 후 취소를 부탁했고, 병원 중환자실에서 남편의 손을 잡은 채 내가 할 수 있는 일이 무엇인지 가르침을 받고자 기도하고 있었습니다. 그러나 별실에 불려가 여러 의사에게 둘러싸여 절망적인 이야기를 들었습니다.

"암이 기도로까지 번져서 호흡곤란으로 질식사할 수 있

습니다."

"경동맥의 가까운 곳에 암이 있어서 혈관을 압박해 터지면 천장이 벌겋게 물들 정도로 출혈사에 이를 겁니다."

"암이 있는 곳이니 뇌까지 침투할 수 있겠죠."

호전될 만한 소견은 없었습니다.

혼자서 끔찍한 이야기를 연속으로 듣고 있자니, 저 의사들이 정녕 인간의 피가 흐르는 것인가 싶어 그만 미칠 지경이었습니다. 지금 생각하면 의사들은 나를 긴장시키기 위해 굳이 무표정으로 설명했을 겁니다.

그러나 그때는 충격을 지나 슬픔도 분노도 느껴지지 않을 정도로 사고가 정지된 상태에 빠져 머릿속을 지배한 끔찍한 이미지를 지우는 데 필사적이었습니다.

정신을 차려보니 마치 염불을 외우듯 마음속으로 고맙다는 말을 되뇌고 있었습니다. 아무 감정 없이 그냥 "고맙습니다"를 늘어놓으며 결계를 친 것 같습니다.

"뒷일은 나중에 찾아뵙겠습니다. 지금은 공연 무대로 가게 해주세요…."

의사도 간호사도 아닌 내가 불안과 공포를 안은 채 여기서 대체 무엇을 할 수 있단 말인가. 이 상태로 여기에 있으면 남편에게 나의 불안이 전해질 텐데…. 이때 남은 선택지는 노래하러 가는 것밖에 없었습니다.

'이런 상황에서도 있는 힘껏 노래하고 오자. 이럴 때일수록 전할 수 있는 무언가가 있는지 모른다. 내 일을 열심히 함으로써 어쩌면 남편에게 기적이 일어날지 몰라.'

병원에서 뛰쳐나가 가까스로 오후 공연에 늦지 않게 도착했습니다.

이날 무대에서 굳이 밝고 긍정적인 곡을 불렀습니다. 〈My Baby My Angel〉이라는, 맏딸이 태어났을 때의 감동을 노래로 만든 자작곡입니다. 이제 죽느냐 사느냐를 판가름하는 남편에게 전하듯 기도하는 마음을 담아 노래를 불렀습니다.

노래를 마치고 스태프에게 인사를 하는 둥 마는 둥 병원으로 돌아오자마자 중환자실에 뛰어들어갔습니다.

"여보, 열심히 노래하고 왔어요!"

"잘됐다. 수고했어."

그러자 의식이 몽롱했던 남편이 내 눈동자의 안쪽을 응시하면서 천천히 말했습니다.

"고마워요, 아주."

나도 남편의 눈동자 속 깊은 곳을 향해 말했습니다.

이 순간 남편과 진짜 부부가 될 수 있다는 기분이 들었습니다.

신이 내린 선물

시한부 선고를 받고 나서 남편의 이야기를 듣고 홈 비디오용 카메라로 기록 영상을 찍었습니다.

남편은 자신이 건강하게 살아 돌아왔을 때 '이런 경험을 겪고 지금 이렇게 건강해졌습니다'라고 증명할 기록을 원했습니다. 거기에는 자신이 살아 있는 샘플로, 암으로 괴로워하는 환자들에게 힘이 되고 싶다는 남편다운 희망과 목적도 있었습니다.

열두 시간에 걸친 수술을 병실에서 홀로 한없이 기다리다 신경이 한계점에 이르렀을 때, 수술을 마친 남편이 링거

액을 잔뜩 꽂은 채 병실로 돌아왔습니다.

집도의는 마취에서 막 깨어난 남편을 향해 트레이 위에 놓인 악성 종양을 보여주었습니다.

"이것을 절제했습니다."

그러자 남편은 그 검붉은 덩어리를 향해 두 손을 모아 가엽게 여기듯이 말했습니다.

"이런 식으로 분리해서 미안해, 무덤까지 함께 갈 생각이었거든. 공존할 수 있었다면 좋았을 텐데…."

남편의 말에 흔들려 절제된 트레이 위에 있던 덩어리를 보고 그 자리에서 정신을 잃었습니다. 정신을 차렸을 때는 병실 소파에 누워 있었습니다.

퇴원 후, 남편은 자신의 처지를 오롯이 받아들이는 것 같았습니다.

"이로써 나도 간신히 암 환자들과 같은 씨름판에 섰어. 환자들과 진심으로 마음을 공유할 수 있게 되었으니까 이것은 하느님이 준 선물이야."

남편과 이인삼각으로 생환의 여정을 걷는 날, 체력을 기르려고 근처의 히와다산에 어깨를 나란히 하고 올랐습니다. 대화가 적은 부부였지만 산을 오르면서 이런저런 이야기를 나누었습니다.

남편은 퀴리 부인이나 노구치 히데요 등 의학에 공헌한 위인의 생각에 자신의 마음을 겹쳐보았고, 예수 그리스도는 독신인 채로 생애를 마쳤지만, 만약 결혼해 아이가 있었으면 어땠을까 등 매우 본질적·정신적인 대화를 반복했습니다.

그런 대화를 하면서 히와다산을 올랐던 날들을 돌이켜보면 '저 산도(山道, 산길)는 산도(産道, 출산길)인지 모른다'라는 생각이 듭니다. 마치 다음 세계에 새로 태어날 준비를 하고 있는 듯한 느낌이었습니다.

하세가와 히데오가 2009년 5월부터 11월까지 6개월간 쓴 '나만의 기록'.

동시에 그 산길은 남편의 생환을 믿고 참배하는 산도이기도 했습니다. 많은 것을 일깨워준 히와다산은 우리에게 성지 그 자체입니다.

남편은 의사가 목숨을 건져준 이후 '나만의 기록'이라는 제목의 일기를 쓰기 시작했습니다. 펼쳐보니 표지 뒷장에는 깨알 같은 글자가 빽빽이 박혀 있습니다.

　1 암은 불치병이 아니다
　2 암을 두려워 말라
　3 자기가 만든 암은 자기가 고치는 것
　4 암 체질을 바꾸자
　5 암과 공존한다
　6 나 자신을 믿는다

　아마도 자신이 안고 있는 병과의 관계 방식인 동시에 연구자 입장에서 모든 암 환자를 위한 내용인 듯싶었습니다.

　일기에는 치료 내용 등을 자세하게 기록하는 것 외에 마치 자신의 마음을 비추는 거울처럼 솔직하고 있는 그대로의 남편이 자기 자신과 대화를 하고 있었습니다. 2009년 5월 13일부터 시작한 일기는 죽기 한 달여 전인 11월 9일로 끝이 났습니다.

　돌이켜보면 체력적으로, 기력적으로 쓸 수 없게 되어서 그만둔 게 아니라 글을 쓰지 않아도 나와 대화할 수 있게 되면서 그만둔 게 아닌가 싶습니다.

남편의 움직임이 느껴지는 기술을 일부 발췌해서 소개합
니다.

5월 13일

사람들은 꽃봉오리를 만들고 피어나기를 바라면서 하루
하루를 꼬박꼬박 살아가고 있다.
그것이 삶의 원동력이다.
그것을 그의 입장에서 이끌 수 있는 것이 심의(마음으로
대하는 의사)인가.

5월 14일

왼쪽 안면의 마비 지속과 입을 벌렸을 때의 근육 통증은
경감되었다.
다만 침을 삼킬 때 경부에 통증을 느낀다.
숙청의 영향인가?
오늘도 왼쪽 경부 배액관(드레인)은 빼지 않았다.
하지만 내일이면 실밥을 제거하고 퇴원할 수 있어. 정말

좋다. 꿈같다!

5월 22일

신체장애자로서의 억울함을 맛보는 매일.
신체장애자의 억울함이 사무치는 매일인가.

5월 27일

잠잘 때 죽음에 대한 끝없는 공포감이 불시에 엄습했다.
이성으로는 제어할 수 없었다.
이 끝없는 공포감.
이것이 암 환자를 따라다니는 고통이라는 것을 알게 되었다.

5월 28일

지금까지 건강관을 설명하면서 암 환자의 진정한 공포감을 한 번도 몰랐던 나 자신이 부끄럽다.

5월 29일

남은 삶에서는 일 이상으로 부부의 사랑을 키워야지.
비록 몸은 병자일지라도 정신까지 병자여서는 안 된다.

6월 2일

아내는 무대가 끝나고 박수쳐준 청중이 기뻐해주었다고
생각하는 것으로 수명이 연장되는 기분이 든다고 한다.
나는 무엇으로 수명을 연장할까….
가족과의 단란일까?

6월 15일

외모를 포함해 과거로 돌아갈 수 없다.
면역을 뚫고 종양이 커진 원인은 뭘까.

6월 18일
___

방사선 치료 개시.
치료대 위에서 대단히 불효한 자신이라고 느꼈다.

6월 24일
___

스트레스를 잘 다스리는 것으로 암의 재발을 막을 수 있
지 않을까 하는 희망(긍정적 사고)에 이르렀다.

7월 9일
___

나는 원래 스트레스를 받기 쉬운 성격일까?

7월 29일
___

암 환자라면 힘쓰지 말고, 무리하지 말고, 자신에게 솔직
하게 암 환자로서 연명하자.
암 환자로서 더는 물러설 곳이 없는 몸이다 보니 사사건

건 망설임이 없어졌다.

바보 같은 웃음….

이것도 필요할까.

8월 9일

건강에 전혀 자신이 없는 나를 발견한다.

그래도 살고 싶다!

살아 있음의 고마움을 통감한다.

8월 17일

이 정도로 죽음을 응시하는 혹은 응시하게 해주는 것은
의미가 있을지도.

죽음을 바라보기에 살아 있는 것에 대한 가치와 사랑이
배가된다.

그러니까 이 역경을 감사히 여기자.

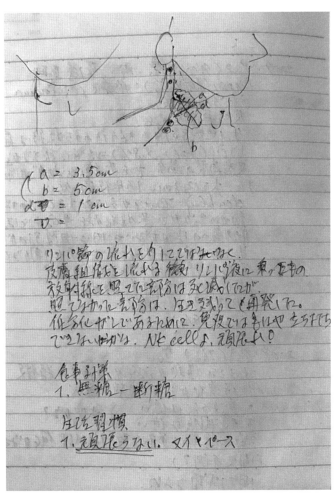

하세가와 히데오가 쓴 '나만의 기록' 2009년 9월 3일 자.

8월 26일

방사선 조사로 국소 면역을 못 쓰게 되어 살아남은 암이
커진 것 같다.
어쨌든 제거되지 않은 암이 있었다.
그러면 전신 전이는 시간문제인가?
5년 생존은 어려울까?
그렇더라도 쉽게 죽을 수는 없다.
이렇게 많은 사람이 걱정해주고 내 생명을 아껴주었으니
어딘가에 사는 희망은 있는 법이다.

9월 3일

방사선을 조사한 부분은 사멸했지만 조사하지 않은 부
분은 살아남아 재발했다.
저분화암이어서 면역으로는 더는 맞설 수 없을까.
NK세포(면역력을 높이는 세포)여 힘내라!

시간을 넘어

이 벚꽃은 몇 번이나 겨울을 넘어 되살아났을까.

이 벚꽃을 심은 사람들은

지금 우리가 이렇게 벚꽃을 올려다보는 모습을 알고

있었던 걸까.

당시 사람들에 대한 생각을 떨칠 때,

당시 사람들 또한

우리를 그리워하고 있었음을 안다.

때를 넘기기란 쉽다.

마음은 자유.

원래 우리의 육체도 조상 대대로의 결집체.

먼저 간 이들의 대표로 지금 이때를 살고 있다.

나 혼자의 내가 아닌 것이다.

제2장
생전 49일

生 前 四 十 九 日

인생 마지막 장의 기적

불교에서는 사후 49일 법요(法要)가 있습니다. 49일의 시간을 들여 부처가 되는, 즉 성불한다는 의미가 있습니다.

많은 간병인 혹은 가족을 간병한 사람들의 이야기를 듣거나 나의 경험을 상기하면서, 죽은 후의 49일뿐 아니라 죽기 전인 49일에도 큰 의미가 있는 것이 아닌가 싶었습니다. 그 49일간을 '생전 49일'이라 부르려고 합니다.

인생의 서막을 앞둔 이 시기가 여러 기적을 일으킬 수 있는 기간이 아닐까요. 인생의 마지막 장, 이제 떠날 준비를

할 기간입니다.

죽음을 받아들여 육신을 놓아줄 각오가 된 사람은 이미 혼이 육체에서 풀어져 있어 부처라고 합니다.

쭉 만나고 싶었던 사람과 딱 마주친다든가, 오랫동안 찾고 있던 것이 문득 발견된다든가, 계속 감추고 있던 것이 입에서 툭 나온다든가…. 인생의 마지막에는 상식만으로는 생각할 수 없는 여러 일이 일어날 수 있습니다.

남편은 책 읽는 것을 매우 좋아했고, 일에 임해서도 남달리 책을 읽는 사람이었습니다. 하지만 체력이 쇠약해진 후에는 스스로 책장을 넘길 수도, 눈으로 글자를 볼 수도 없게 되어 내가 소리 내어 책을 읽어주었습니다.

미국의 작가 론다 번의 자기계발서《시크릿》을 남편 머리맡에서 읽고 있을 때였습니다.

"거기, 다시 한번 읽어 봐! 뭐라고 쓰여 있어?"

하세가와 히데오가 병상에서도 읽었던 《시크릿》. 이 책은 긍정적인 생각과 간절한 믿음이 만났을 때 강력한 힘을 발휘한다고 말하고 있다.

남편이 반복해서 말하기에 다시 읽어보았습니다.

당신이 세상을 바꿀 필요는 없습니다.
그것은 당신의 할 일이 아닙니다.
신의 창조를 감사하고, 그 업적을 찬양하면 됩니다.

남편은 항상 '일본은, 세계는 어떻게 해야 하는가, 그것을 위해 자신은 무엇을 하면 좋은가. 의학을 위해서, 약학을 위해서 대체 어떻게 하면 좋은가'만을 생각하면서, 아니 고민하면서 살아온 사람입니다. 그것이 《시크릿》에 적혀 있던 구절들로 인해 내면에서 와르르 소리를 내며 무너지는 것 같다고 내게 호소했습니다.

약학 박사로서 병으로 인해 괴로워하는 사람을 어떻게든 구제하고 싶다며 본업이나 가족을 뒤로 미루더라도 무작정 연구에 매진하고, 또 암에 걸리고 나서는 자신이 생환해 많은 사람에게 용기를 북돋우기 위해서 다방면으로 시험해왔습니다. 결국은 신의 위대한 창조 앞에서 자신은 그저 몸부림치고 있을 뿐이었는지 모릅니다….

남편 안에서 무언가 꽤 큰 변화가 일어난 것 같았습니다.

이때의 일이 남편의 일기에 기록되어 있습니다.

9월 15일

신은 내게 세상을 바꾸는 것도, 사람들을 바꾸는 것도
바라지 않으셨다. 내가 해야 할 일은 신의 창조를 감사하
고, 그 업적을 칭송하는 것임을 알았다.
이 무슨 무력감인가, 지금까지의 자신은 대체 무엇이었
는가. 이를 깨닫게 되어 지금까지 내가 해온 것, 하려고
했던 것이 와르르 무너져갔다.

처음이자 마지막
가족 여행

우리 부부는 각자의 일에 보람이나 자부심을 느끼며 살아왔습니다. 그래도 부부의 일이나 가정을 소홀히 한 적은 없었습니다. 육아에도 나름대로 열심이었지만, 가족 단위로 함께 보내는 시간은 다른 가정에 비하면 현저히 적었습니다.

하지만 이 무렵에 우리는 처음이자 마지막으로 가족 여행을 했습니다.

남편은 니가타현, 나는 아키타현 출신으로 고향에 친정 부모님과 시부모님이 지금도 살고 있습니다. 그리고 가정을 꾸린 지 오래된 사이타마현에도 우리 부부가 부모처럼 여기는 인생의 선배가 있습니다.

부모 세대의 부부이지만 50세가 된 외아들을 병으로 잃어 외로워하고 있을 때, 남편이 스스로 그들의 아들이 되어주겠다는 말을 건넨 후로 친부모자식처럼 가족 전체가 교제하게 되었습니다.

어느 날, 남편이 수학여행 이야기를 꺼냈습니다.

"중학교 수학여행을 오제(후쿠시마현·니가타현·군마현에 걸치는 고지대)로 갔는데, 동아리 활동의 검도대회와 겹쳐서 참가할 수 없었습니다."

"그러면 가족 수학여행을 다시 하면 되지."

이 여행을 제안한 그는 오제에서 자연 보호 활동을 40년 넘게 활발하게 해오고 있었는데 안내도 할 겸 인솔을 맡아주었습니다.

당시 남편의 암은 귀밑에서 꽤 크게 부어올라 얼굴이 찌그러진 상태였습니다. 체력도 떨어져 있었지만, 남편이 사이타마에서 오제까지 어떻게든 차를 운전해 가족 모두가 외출할 수 있었습니다.

나중에 안 일이지만, 남편의 상태가 급변했을 때를 고려해 동행해준 그는 오제 습원에서 남편을 헬기로 병원에 이송할 준비까지 하고 있었다고 합니다.

오제에는 수령이 오래된 큰 나무가 많습니다. 그는 오제의 자연 그대로의 생명력이 남편의 질병에도 도움이 될 것이라고 판단해 가족 수학여행을 기획해주었습니다.

그간 여섯 식구가 모두 모여서 찍은 가족사진이 거의 없었는데, 우리 부부나 가족을 담은 사진을 그분이 많이 찍어주었습니다.

이날의 남편 일기에는 자기 일이나 가족을 지지해주는 사람들과 주위 환경 모두에게 감사하는 마음이 쓰여 있습니다.

9월 28일

잘 먹었습니다.
'잘 먹었다'는 음식을 먹을 뿐 아니라 다른 사람이 나에게 베풀어주는 무형의 것에 대해서도 그래야 한다.
존중, 배려, 걱정….

9월 29일

그동안 내 나름대로 열심히 생각하고 여러 가지를 해왔고, 나름의 작용을 했는지 모른다.

하지만 잠깐, 그 효과보다 나를 배려하는 사람들의 기도의 힘이 더 큰 게 아닐까?

거만했다. 회개했다.

나를 배려해주는 사람들의 기도에 감사해야지!

순순히 '잘 먹겠습니다' 그리고 '잘 먹었습니다'.

10월 19일

현실 망각 요법.

우울한 현실에 사로잡힌 자신을 해방시키는 요법.

그럴 만도 하다.

10월 20일

몸이 좋아지고 있는 건지 안 좋아지고 있는 건지 알 수 없다.

회복에 대한 영혼의 고양과 생명력은 느껴지는 나날이었지만, 영혼의 고양, 일상의 상쾌함과는 달리 신체에서의 회복 조짐을 찾지 못하고 있던 것도 사실.

또 터널 출구의 불빛은 찾았지만, 어떻게 하면 갈 수 있는지 찾지 못하고 있다.

개안 기념일

남편이 죽기 두 달 전쯤, 입안에 침이 고여도 삼킬 수 없어서 내가 관(管)으로 흡인하기도 했습니다. 눈은 마음 대로 감지 못하고 항상 뜬 상태여서 눈동자가 건조하지 않게 인공눈물을 넣어주곤 했습니다.

매일 제대로 쉬지 못하고 늘 옆에 붙어 돌보는 내게 남편이 이렇게 중얼거린 적이 있습니다.

"당신은 가만히 집에서 이러고 있을 사람이 아닌데 미안하네, 참 딱하다."

"지금까지 아내다운 일을 아무것도 하지 못했으니까, 이제야 하고 있는 거예요."

"맞아."

남편은 조금 웃는 듯이 맞장구쳐주었습니다.

육체적으로 지쳐 녹초가 된 내가 남편 옆에 누워 문득 천장을 올려다보았을 때였습니다. 눈앞에 '히데오'라는 남편의 이름을 붓글씨로 쓴 듯한 한자가 떠올랐습니다.

"'히데오'라는 이름은 누가 지었어요?"

"아버지 쪽 할아버지야."

"있잖아요, 이름에 사명이 깃든다고 하지만 당신 이름은 빼어난 남편이에요. 뛰어난 남자도 수컷도 아니고 남편이에요."

내가 중얼거렸습니다.

"그래! 아니, 그게 지금까지 뒷전이었다니…. 그래, 이건 조상으로부터 온 메시지일 거야."

남편은 갑자기 상체를 일으키려고 하면서 마치 스위치가 켜진 것 같은 상태가 되었습니다.

자신의 지금까지의 생활 방식과 이름에 담긴 사명의 차이에 대해 여러 생각을 하는 것 같았습니다.

며칠 후 이렇게 말했습니다.

"지금까지 당신이나 가정의 일을 제쳐두고 오로지 일만 바라보고 달려왔지만, 앞으로는 가정 중심으로 생각하고 살게."

이때의 일도 '나만의 기록'에 있습니다.

11월 1일

개안 기념일.

아내의 인도로 나는 이날 이번 생에서 천명을 깨달았다. 실로 깊은 변화였다. 그리고 나는 긴 터널을 빠져나와 빛의 곁으로 나아갔다. 개안이다.

'히데오' 뛰어난 남편, 우수한 남편.

아내는 지금까지 나와 함께 있어도 심판받는다는 기분이 앞서 조금도 마음의 평안을 찾지 못했다. 게다가 자학적인 성격이 화가 되어 자신을 계속 비난하고 있었다.

그녀는 나를 통해 평화를 얻고 싶어 했는데 실현되지 않았다. 그리고 무대에 서서 많은 사람의 시선으로 이를 보완하고 있었다. 사실은 남편인 나로부터 편안함을 얻고 싶었던 것이다.

그러나 현실은 내 소원이 그녀에게 닿지 않는다고 책망했고, 그녀는 가시방석 위에 있기도 했다. 이에 종지부를 찍지 않고서는 부부를 완성할 수 없다.

나는 아내를 참 몰랐다.

아내는 말한다. 자기를 편안하게 해주면 당신도 치유할 수 있다고.

나는 이번 병의 졸업검정이 무엇인가를 골똘히 생각하고 있었다. 그것은 아내를 편안하고 충만하게 해주며 아내가 충분히 편안함을 느낄 수 있었다고 평가해주는 것과 다름없음을 알게 되었다. 그것이 졸업검정이다.

생전 49일간의 성찰

남편이 죽기 전의 49일이란 어떤 기간이었는지 냉정하게 돌아본 시기는 나중에 영화를 만들기로 하고 나서입니다.

우리 부부에게 '환생의 산'이기도 한 히와다산을 남편을 잃은 뒤 혼자 오르면서 돌이켜보았습니다.

우선 남편은 신의 위대한 창조 앞에서는 자신이 해온 일도 발악에 불과했을지 모른다는 것을 충격을 받으면서도 깨달았습니다.

이어서 처음이자 마지막 가족 여행인 오제의 수학여행

을 통해서 가정의 따뜻함이나 편안함 또 가정에 대해 지지
해주고 응원해주는 사람이나 주위에 대한 감사의 마음을
깨달았습니다.

그리고 '히데오'라는 자신의 이름에 뛰어난 남편, 우수한
남편이라는 조상들의 염원이 담겨 있다는 것을 알게 되었
고, 남은 시간을 어떻게 살 것인지 생각하게 되었고, 그 과
정을 거쳐야만 병의 졸업검정, 인생의 졸업검정에 합격할
수 있다는 것을 알게 되었습니다.

남편은 이런 것들을 터득한 뒤에 '생전 49일'에 접어들어
내밀한 마음의 정리, 자신의 '성찰'을 시작했던 것으로 보입
니다.

삶과 죽음의 형태

사람은 끝이 있다는 것을 알기 때문에

해내고 싶은 일이 있다.

알몸으로 태어나 알몸으로 돌아가는 것을 알기 때문에

남겨두고 가고 싶은 것이 있다.

형체가 있는 것은 무엇 하나 가지고 갈 수 없다.

무엇을 하고 왔는지보다 어떤 생각으로 해왔는지.

어디까지 도달했느냐가 아니라 어느 쪽을 향해 끝냈는

지.

포지션이 아니라 벡터.

두고 가는 것은 삶과 죽음의 형태.

제3장
임종

궁극의 기도

지금 생각해보면 남편은 생전 49일에 접어들었을 때부터 인생의 마지막을 향한 마음의 정리를 시작했던 것 같습니다. 먹는 것, 일하는 것, 배우는 것 등의 집착을 하나씩 벗어 던지면서 몸은 병들고 불편해지는 반면, 마음과 영혼은 조금씩 홀가분해졌는지 모릅니다.

한편 아내인 나는 남편의 생환을 완강히 믿으며 외곬으로 달리다가 때때로 큰 불안에 휩싸여 쓰러질 뻔하기도 했습니다.

어느 날은 아이들을 학교에 보낸 뒤 팽팽한 줄이 끊어진 것처럼 거실 천장을 올려다보며 소리 내어 울었습니다.

그때까지 남편을 살려달라고 신에게 빌어왔지만 그렇게 빌면 빌수록 신이 괴로워하는 것처럼 느꼈습니다.

'너의 기도는 너의 사정일 뿐이다. 그의 인생은 그 자신의 것이다.'

그때 어디선가 하늘의 소리가 울려 퍼지고, 깜짝 놀라고 말았습니다.

다음 순간 이전과는 전혀 다른 기도를 했습니다.

'하느님, 이제 도와달라고 기도하느라 지쳤습니다. 당신의 마음대로 해주세요. 당신이 가장 좋다고 생각하는 대로 끌어주세요. 모든 것을 맡기겠습니다. 걱정도 불안도 내려놓겠습니다. 다만 당신과 그와의 계약이 무사히 이뤄지길 바랍니다.'

하염없이 흘러내리는 눈물이 자신을 위한 기도에서 남편을 위한 기도로 바뀌는 것을 촉진했던 것 같습니다. 그렇게 운 적은 이전에도 이후에도 그때뿐입니다.

그로부터 며칠 후 남편 병원을 옮기고 나서 2주가 지나는 참이었습니다. 병원 의사가 물어왔습니다.

"남편분, 집에 데려갈래요?"

우리 부부 모두 순순히 크게 기뻐했습니다.

'정든 집에서 치료할 수 있다!'

하지만 지금 되돌아보니 병원에서 할 수 있는 건 다 했고, 어떻게 해줄 수 없으니 집으로 돌아가라는 메시지였음을 이해하게 되었습니다.

병원에서 소개받은 방문간호사가 좋은 사람이라서 그 침착한 몸가짐에 뿌듯함을 느꼈습니다.

네 명의 아이는 한 점의 불안감 없이 아빠의 생환을 믿고 집에서 함께 지냈습니다.

남편이 죽음을 맞이할 무렵, 열두 살짜리 둘째 딸은 마침 반항기의 한복판에 있었습니다. 어느 날, 딸이 아빠에게 강한 한마디를 던졌습니다.

남편의 목종양은 점점 커져 그 무렵에는 얼굴 옆에 또 하나의 머리가 있을 정도까지 비대해졌습니다. 거울로 접한 남편은 탄식하고 있었습니다. 그 모습을 본 둘째 딸은 한마디로 말했습니다.

"아빠, 암을 너무 의식하고 있어!"

남편은 약학 박사로서 건강할 때는 암이라는 병과 객관적으로 마주해 누구보다도 열심히 연구하고, 몇몇 논문을 써내 특허도 딴 사람입니다.

암을 앓고 나서는 객관적이지 않게 자신의 것으로 암을 바라보던 남편에게 암을 지나치게 의식한다는 지적은 가슴에 예리하게 닿았습니다. 그러면서 둘째 딸은 이렇게 내뱉었습니다.

"그냥 여드름이라고 생각해!"

"열두 살인 네가 뭘 알아!"

남편은 언성을 높였습니다.

하지만 그렇게 말하면서도 병에 얽매이지 않고 병을 날려버릴 정도의 작은딸 모습에 남편 나름대로 생각하는 면이 있었겠죠.

얼마 후 남편은 둘째 딸을 자기 뒤에 세우면서 부탁했습니다.

"리애, 건드리지 않아도 되니까 아빠 어깨쯤에 손을 대주겠니?"

딸이 어깨에 조용히 손을 가져다 대자 그 온기를 느끼며 남편은 고개를 끄덕이고 있었습니다.

"그래, 네가 이 집 딸로 태어나준 의미를 아빠는 지금 잘 알아. 고마워…"

구급차를 부를 것인가
부르지 말 것인가

마침내 남편의 종양은 기도를 압박하기 시작했고, 호흡곤란에 빠져버렸습니다.

구급차를 부를지 부르지 않을지, 궁극의 선택을 강요당하는 시점이 왔습니다. 구급차를 부른다면 구급차를 탄 순간부터 환자로 취급됩니다. 집에 있으면 최후까지 아버지로서, 남편으로서, 이 집의 주인으로서 있을 수 있습니다.

그러나 이대로 집에서 만약의 일이 발생할 경우, 경찰이 들이닥쳐 와 가족은 남편과 떨어져 검시하는 과정을 밟게 됩니다. 이때 방문간호사가 내 갈등을 풀어주었는데, 짚이는 데가 있는 방문의사에게 닥치는 대로 전화를 걸어서 가능성을 타진해주었습니다.

아빠가 '하악'거리는 신음을 내면서 고통스럽게 어깨로 숨 쉬는 모습을 보자, 열 살 난 큰아들과 여덟 살 난 작은 아들은 소아천식으로 기침이 멈추지 않을 때 병원에서 받은 기관지 확장 스티커를 온 집에서 긁어모아 아빠 온몸에 붙였습니다.

그래도 부족할지 모른다며 친구 집에 전화를 걸어서 있는 대로 기관지 확장 스티커를 받으러 뛰어다녔습니다. 누가 시켜서가 아니라 스스로 생각하고 스스로 할 수 있는 일을 두 아들은 실천에 옮겼습니다.

드디어 방문의사를 찾았고, 밤인데도 우리 집을 찾아와 주었습니다. 진찰을 받고 남편은 조금 침착함을 되찾아 의사에게 분명하게 말했습니다.

"선생님, 성함이 궁금합니다."

암이 귀를 압박해 잘 들리지 않는지 남편은 재차 물으며, 인사했습니다.

"○○ 선생님, 오늘 감사합니다."

이를 본 아이들은 감동하고 있었습니다.

"호흡이 힘든 상태에서도 의사 선생님께 '감사합니다'라고 말하더라. 아빠는 대단해."

아이들에게 마지막까지 그런 모습을 보여준 남편이 자랑스러웠습니다.

요즘 아이들은 왕진이라는 의료 시스템이나 방문의사의 존재를 알지 못합니다. 의사나 간호사는 병원 안에 있는 것이라고 생각하니까요.

떠나보낼 각오

남편이 투병 중일 때 비대해진 목종양에서 흘러내리는 혈액을 휴지로 빨아들이다 보니 새빨갛게 물든 휴지가 산더미처럼 쌓여갔습니다. 물론 그 모습을 놓치지 않고 모두 카메라에 담고 있었습니다.

"오늘은 이쪽에서 피가 납니다. 어제 출혈했던 곳은 검게 변했습니다."

내가 담담하게 해설하는 것을 남편은 물론 아이들도 알고 있습니다.

남편은 병원을 나와 집으로 오고 나서도 진통제는 쓰지

않았습니다. 민간요법인 생강찜질 등으로 대처한 덕에 말기 암 환자에게 필수로 알려진 모르핀 한 대를 맞을 필요가 없었습니다. 병원 의사는 놀라워했습니다.

"통증에 강한 편인가요, 아니면 둔감한 편인가요?"

만약 호흡곤란에 빠지면 기도 확보 수술은 위험 부담이 대단히 커서 불가능한 상태임을 의사가 다시 한번 상기시켜주었습니다.

마침내 결정할 때가 왔습니다. 굳이 아이들에게 물어보았습니다.

"만약 구급차를 부르지 않으면 숨을 쉴 수 없게 되어 아빠가 괴로워하는 모습을 여기서 보게 돼. 괜찮겠어?"

"응."

큰딸이 짤막하게 말했습니다.

그때까지 다른 사람의 죽음을 지켜본 적이 없는 아이들입니다. 두려움이나 불안이 없을 리 없습니다. 하지만 아빠와 쭉 함께 있고 싶다고 느꼈던 것입니다.

큰딸의 확고한 대답에 얼마나 의지가 되었는지 모릅니다. 어린 동생들도, 다름이 아닌 남편도 큰딸의 말 한마디에 마음먹을 수 있었습니다.

나는 남편의 등을 껴안았고, 그 앞에 네 명의 아이는 정좌를 하고 숨이 끊어져가는 아빠의 모습을 말없이 바라보고 있었습니다. 남편이 아이들에게 각각의 유언을 전했습니다.

"여보, 됐어요. 지금까지 고마웠어요. 이제부터는 다섯이서 노력할 테니까, 앞으로는 하늘나라에서 우리의 건강을 잘 부탁해요."

"알았어."

떠나보내는 측의 각오가 딱 섰을 때, 죽어가는 사람은 진심으로 안심하고 몸을 놓을 수 있지 않을까 싶습니다. 혹은 가는 사람의 망설임마저 지워주는 듯한 기분도 듭니다.

어떻게 끝낼까, 그것을 혼자 결정하고 싶은 사람도 당연히 있을 것입니다. 가족과의 신뢰를 바탕으로 마지막에는 가족의 의향에 맡기는 것도 괜찮다고 생각합니다.

달려와 준 방문의사와 방문간호사 덕분에 남편은 정말 잠든 듯이 편안하게 숨을 거두었습니다. 구급차를 부르지 않은 궁극의 선택은 틀리지 않았습니다.

정든 우리 집 다다미에서 남편은 뛰어난 남편으로서, 훌륭한 아빠로서 유언을 전하고 사랑하는 가족의 숨결을 느끼며 편안하게 숨을 거둘 수 있었습니다. 훌륭한 마무리였다고 생각합니다. 가족 모두가 라스트 신을 써냈다는 실감이 납니다.

이전에 내가 울면서 '당신이 가장 좋다고 생각하는 대로 끌어주세요'라고 신에게 호소한 궁극의 기도는 확실히 도달했다고 생각합니다.

1일 1생

남편의 시신을 에워싸고 아이들과 함께 다다미방에서 이틀 밤을 잤습니다. 가족만의 조용한 그 공간, 슬픈 가운데도 따뜻한 공기가 있는 그 순간을 영원히 간직하고 싶어 무의식적으로 카메라를 돌리고 있었습니다.

카메라 파인더를 들여다보니 모두가 잠든 것 같기도 하고 모두가 죽은 것 같기도 했습니다. 굉장히 신기한 느낌이었는데, 문득 이런 생각이 들었습니다. 우리는 매일 밤 잠에 빠져 일단 죽는 거라고. 일일 일생(一日一生)이라고….

이상하게도 머리 하나 정도의 크기까지 부어올랐던 남편

의 왼쪽 귀밑 암 덩어리는 사망하고 나서 순식간에 작아졌습니다. 퉁퉁 부었던 얼굴도 만유인력 탓인지 홀쭉하게 변했고, 마지막에는 기도가 압박되어 숨을 쉴 수 없는 상태였을 텐데도 죽은 남편의 얼굴은 어딘가 맑아 보이기까지 했습니다.

나중에 요코하마병원의 의사 나가호리 유우는 그 모습을 분석해 만약 남편이 끝까지 링거를 통해 약을 투여했더라면 그렇게 되지 않았을 것이라고 했습니다.

"그는 항암제 투여를 거절하고 죽음의 과정을 통해 큰 메시지를 남겼죠."

남편이 죽은 지 얼마 지나지 않아 작은딸이 나에게 툭 말했습니다.

"아빠가 죽을 줄 몰랐는데 정말…. 하지만 엄마도 나도 언제 죽을지 모르잖아. 그러니까 하기 싫은 일을 하고 있을 틈이 없어. 하고 싶은 걸 뒤로 미루면 안 돼. 정말로 하고 싶은 건 바로 하는 게 좋아.

나는 하지 않고 후회하고 싶지 않아. 하다가 안 되면 다시 하면 되잖아. 안 되는 게 계속된다면 잘못되었다는 걸지도 모르지."

사 남매 중에서도 둘째는 틀에 박힌 것을 싫어하고 자유분방한 아이였습니다. 그렇지만 그런 아이가 아빠의 죽음에 가까이 다가가는 것을 통해 살아가는 데 중요한 것을 받아들였다고 느낍니다.

장본인으로부터 온
조전

난생처음 상주를 경험했습니다. 조문을 와준 한 사람 한 사람에게 "생전에 남편이 신세를 졌습니다"라고 인사를 하는데, 장례식 이후 영결식이 끝날 때까지 '생전'이라는 단어를 정확한 뜻도 모르고 얼마나 썼는지 모르겠습니다.

많은 사람에게 인사를 거듭하다 문득 '죽기 전의 일인데 왜 태어나기 전이라고 쓰는 생전(生前)이라고 할까' 하는 의문이 들었습니다. 그 대답도 남편이 알려주었습니다.

남편의 영결식에 조전(弔電)이 왔습니다. 영적 감성이 강한 그녀는 죽은 남편의 메시지를 받아서 자동서기로 보내왔습니다.

남편이 미리 준비한 건 아니었습니다. 메시지는 나뿐 아니라 영결식을 치른 열흘 후 아이들 넷에게도 각각 적합한 내용으로 전달됐습니다.

조전에는 오늘이 나의 재탄생의 날이라는 말이 있었습니다. 재탄생이라는 단어를 읽었을 때 고개를 끄덕일 수 있었습니다.

"아, 히데오는 죽었지만 태어났구나. 육체를 버린 영혼으로 오늘 새롭게 다시 태어났으니까 이 세상에서 살아온 세월은 태어나기 전, 즉 생전에 하는 거다!"

아내(히로코)에게

오늘이 나의 재탄생의 날이야.

지금 멋진 빛 속에 있어.

여기는 히로코의 하트(심장) 속인데 양손을 가슴에

대고 고동을 느껴봐.

나는 함께해, 항상. 앞으로도….

내 영혼을 새로 낳아줘서 고마워.

나는 행복해.

히데오

큰딸(호나미)에게

아빠는 지금까지 열심히 살아왔지만 아무리 노력해도 넘을 수 없는, 생각대로 되지 않는 것이 있는 것 같아.

그게 생명이라는 걸 이젠 잘 알아.

사람에겐 참 편리한 구석이 있으니, '뭐 이 정도면 괜찮겠지'라고 조금 힘을 빼는 게 좋을 것 같아.

네가 가족을 책임질 필요는 없어.

너는 너답게 살아.

우리 딸, 고마워.

작은딸(리애)에게

아빠는 지금부터 이곳에서 다시 공부할 거야.

육체가 없어져서 지금은 아주 편안해.

그리고 아주 기분 좋은 빛 속에 있어.

이곳에서 익숙해질 때까지 많은 사람이 여러 가지를

가르쳐주어서 잠시 수행하려고.

언제나 너와 가까이할 수 있도록 필요한 공부를 열심히 할게.

큰아들(유우타)에게

아빠는 하루라도 더 너와 함께 있고 싶었어. 열심히 노력했지만 살지 못해서 미안해.

육체는 없어져도 계속 살 거야.

너와 언제나 함께, 즐거운 일도 괴로운 일도 함께할 거야. 그러니까 외롭지 않을 거야.

남편이 나에게 자동서기를 통해 보내온 조전.

가능하다면 아빠의 희망은 네가 여러 사람을 도울 수

있는 의사나 연구자가 되었으면 좋겠다.

작은아들(마사키)에게

아빠는 너와 항상 붙어 다닐 거야.

네가 달리고 있을 때 아빠도 달리고 있을 거야.

네가 밥 먹고 있을 때 아빠도 먹고 있을 거고.

웃고 있는 네가 아빠는 참 좋아.

생명 에너지의 주고받음

사람이 죽으면 숨을 거둔 그날을 명일(기일)이라고 합니다. 사람의 목숨에 한계가 있는 것을 수명, 죽은 사람이 가는 곳을 극락이라고 하지요.

평소에도 아무렇지 않게 언급한 단어를 쓰고 있지만 깊은 의미를 생각할 기회는 좀처럼 없습니다. 죽은 날인데도 불구하고 생명의 날이라고 쓰는, 죽고 나서야 비로소 생명이 되는 '명일', 생명의 한계를 의미하는데 축복의 뜻이 있는 '수명', 죽은 후에 가는 곳을 지극히 즐거운, 지극히 편안한 곳이라는 의미로 쓰는 '극락'.

생각해보면 사람은 이 세상에 태어난 순간부터 죽음에 대한 카운트다운이 시작되고 있습니다. 예외 없이 누구나 죽습니다. 임종이란 끝없이 절망적인 것이 아니라 생명에 대한 일종의 통과의례이자 누구나 지나는 통과의례이지 않을까요?

생명을 결코 가볍게 여기지 않았지만, '조금 죽을 뿐'이라고 생각하니 죽어도 여전히 존귀하다는 생각이 듭니다. 육체가 끝났다고 해서 인연이 끊어지는 것도 아니고요.

소중한 사람이 숨을 거두고 의사가 임종을 고할 때 사람들은 끝났다면서 축 처지기 쉽지만, 그곳에서 생명의 모든 것이 끝난 것은 아닙니다.

죽은 사람이 인생을 걸고 맛봐온 기쁨이나 슬픔 등의 감정은 눈에 보이지 않는 재산이 되었다고 생각합니다. 그 모든 것이 응축된 에너지는 사람이 숨을 거둘 때 주위 사람들에게 전달된다고 합니다.

20세기 전반에 실험 결과를 토대로 미국의 외과의사 덩컨 맥두걸은 사람의 죽기 전후 몸무게가 21그램 정도 차이가 난다고 발표했습니다. 작가 세토우치 자쿠초는 사람이 죽는 순간에 25미터 수영장 529개의 물을 순식간에 끓일 수 있을 정도의 에너지를 방출한다고 했습니다. 언급한 숫자에 어떤 과학적 근거가 있는지 모르지만, 감각적으로는 알 수 있을 것 같습니다.

사람은 임종을 통해 수영장 529개의 에너지를 이어가는 중요한 일을 해야 할 것입니다.

봄이면 벚꽃이 일제히 피었다가 며칠 후면 지기 시작합니다. 지는 것이 끝이 아니라 반드시 다음 봄에 다시 꽃을 피웁니다. 태양은 저녁에 져도 아침이면 다시 올라옵니다. 달도 저문 뒤에 다시 차오릅니다. 벚꽃이 지는 것, 해가 지는 것, 달이 이지러지는 데는 슬픔도 불안도 없습니다. '부활'을 알고 있기 때문입니다.

성경에 이런 구절이 있습니다.

죽는 날이 출생하는 날보다 나으며
—〈전도서〉 7장 1절

한 알의 밀이 땅에 떨어져 죽지 아니하면 한 알 그대로 있고 죽으면 많은 열매를 맺느니라
—〈요한복음〉 12장 24절

제3장: 임종

즉, 죽음을 통과한 곳에 새로운 시작이 있다고 할까, 결코 '죽음=소멸'이 아님을 우리는 자연에서 배우고 있습니다.

남편의 영결식에서 내 피아노 반주에 맞춰 큰딸이 플루트로 〈등월요(일본의 동요)〉를 연주했습니다.

아이들은 아빠의 관 속에 각자 쓴 편지를 넣었습니다. 반항기였던 둘째 딸의 편지에는 이렇게 적혀 있었습니다.

"가족 중에서 내가 가장 많이 혼났어요. 근데 그만큼 추억이 많아요. 아빠, 꾸짖어주어서 고마웠어요. 아빠의 딸이어서 다행이고요."

초등학교 5학년이던 큰아들은 강단 있게 적었습니다.

"아빠한테 배우고 싶은 게 많았는데 괜찮아요. 직접 알아보고, 여러 사람에게 물어볼게요. 그러니 안심하세요."

아이는 부모를
선택해 태어난다

큰아들은 화장(火葬)에 대한 의미를 이해하지 못해 거부감이 상당했습니다. 훌쩍훌쩍 울고 있었으니까요.

"내일 아빠를 태워버릴 거야? 왜?"

그러나 화장터에서 유골과 대면하면서 눈물을 그쳤는지, 직원에게 질문하고 있었습니다.

"암이 있던 곳은 어디쯤이에요?"

왼쪽 귀밑 부근의 두개골을 말똥말똥 바라보며 우쭐댄 듯 말하고 있었습니다.

"이것 봐. 암도 재가 됐어. 이제 아빠는 힘들지 않겠네."

큰아들은 장례를 치른 지 보름이 지났을 무렵, 동네에 사는 동급생 어머니로부터 아이는 부모를 선택해 태어난다는 이야기를 들었다고 합니다. 암 환자들을 도와온 아빠는 왜 죽었을까 하는 의문을 품었던 큰아들은 그 말에서 자신만의 답을 찾아낸 듯합니다.

"유우타, 이제 괜찮아?"

"엄마, 아이는 말이야 스스로 부모를 결정하고 태어난대. 그러니까 일찍 죽는 아빠를 선택한 건 나야. 그래도 우리 아빠라서 다행이야. 내가 스스로 결정한 거니까 어쩔 수 없지 뭐."

자신을 납득시키듯이 말하고 있는 큰아들의 머리를 무심코 쓰다듬어주었습니다.

"우리 큰아들, 멋지네."

10살(일본은 만 나이로 센다)에 맞이한 큰 시련을 혼자 이겨내 기특했습니다.

태내 기억(엄마 뱃속에서의 기억 또는 전생의 기억)에 관해 일인자인 일본의 저명한 소아과 의사 이케가와 아키라가 쓴 《아기는 뱃속의 일을 기억하고 있다》를 읽어서 알고 있었지만, 자식이 부모를 선택한다는 것을 네 아이의 언행에서 확신했습니다.

막내아들은 여덟 살에 아빠를 잃었지만 나름대로 나를 격려하려고 했습니다.

"당신을 다시 한번 만져보고 싶어."

"엄마, 있다고 생각하면 정말 있어. 아빠라고 생각하고 나를 만져봐!"

이렇게 말하며 자기 얼굴을 들이대었습니다. 그러면 나는 몇 번이나 작은 몸을 감싸 안았습니다.

어느 날은 계단에서 일부러 천천히 '쿵쾅쿵쾅' 소리를 내면서 2층으로 올라왔습니다.

"엄마, 방금 아빠 같았어?"

이렇게 물어오는 막내아들의 순진한 상냥함에 얼마나 위로를 받았는지 모르겠습니다.

큰딸은 마치 두 번째 남편처럼 나를 지지해주었습니다. 어떤 일에 대해 우물쭈물 의논하면 단도직입적으로 대답해주었습니다.

"그래서 엄마는 어떻게 하고 싶은데?"

"결국, 엄마에게 뭘 해주면 돼요?"

"결론을 먼저 말해주면 안 돼요?"

군더더기 없는 큰딸의 말하는 스타일은 남편을 참 많이 닮았습니다.

감수성이 강한 둘째 딸은 아빠 사진을 책상 위에 올려놓고 늘 말을 건네는 듯했어요. 아빠라면 뭐라 할까라는 생각이 버팀목이 되어왔던 것 같습니다.

남편이 죽고 시간이 꽤 지났을 무렵, 지인에게서 들은 말입니다.

"아이들이 어린데도 아빠를 잃은 비장감이나 상실감이 없네요. 대견해요."

아빠의 죽음을 딛고 씩씩해지는 아이들의 모습을 보고 있으면 내 아이지만 든든합니다. 자식이 부모를 선택한다면 일찍이 반려자를 잃는 나를 엄마로 삼기로 하고 찾아온 아이들입니다. 영화 제작도, 상영 활동도 아이들의 도움과 자율성 없이는 불가능했을 겁니다.

생전 남편과의 사이에서 태어난 네 아이, 그리고 영화 〈이키타히〉는 저승 남편과의 사이에서 태어난 다섯 번째 아이랍니다.

매미

매미의 허물

죽은 게 아니라

그 시기를 끝낸 것이다.

일주일의 목숨인 줄 알면서도

여름의 한창때를 알리기 위해

땅속의 7년도 넘어왔다.

몸이 부서져라 온몸을 다해

울고 울고 또 울어서

이윽고 역할을 끝낸 유해는

다시 흙으로 돌아간다.

제4장
생환

직접 영화를 만들어봐

2009년 12월 14일에 남편은 세상을 떠났습니다. 이날은 아코사건(1702년 12월 14일 효고현 아코시에 사는 낭인 47명이 주군의 원수를 갚기 위해 적이 사는 집으로 진입해 습격했던 사건)이 벌어진 날이기도 합니다. 남편이 죽은 후에 여러 사람으로부터 "그가 현대의 의학계에 침입한 것은 아닌가?"라는 이야기를 들었습니다.

시한부 선고를 받은 뒤 남편이 시켜서 시작한 기록 영상은 '생환을 향한 궤적'으로 되돌아보는 날이 오리라 믿고 계속 찍었습니다. 결국에는 남편과 함께 돌아보는 일은 이뤄지지 않았지만.

남편이 죽은 뒤 며칠 동안은 상주로서 해야 할 일이 산더미 같아서 카메라를 돌릴 처지가 아니었지만, 사체와 아이들의 모습을 계속 찍었습니다.

돌이켜보면 그때부터 영화 제작이 시작되었던 것 같습니다. 촬영과 제작은 내가 했지만, 더 높은 곳에서 총지휘하는 사람은 남편이었을 겁니다.

사람은 세상에 태어나면 보통 누군가의 팔에 안겨 '태어나줘서 고맙다'라는 환영을 받습니다. 그러니 죽음에 이를 때 역시 소중한 사람의 팔 안에서 '살아줘서 고마워'라고 환송받아야 하지 않을까요.

영화 〈굿바이(Departures, 오쿠리비토)〉(2008)가 히트하면서 납관사(시체를 깨끗이 하고 관속에 넣는 일을 하는 사람)가 부각됐듯이 〈미토리비토〉가 영화화되면 사는 것과 죽는 것의 중요성을 같은 차원에서 많은 사람이 더 많이 느낄 수 있지 않을까, 그리고 죽음에 대한 두려움을 없앨 뿐 아니라 죽음이 삶에 대한 긍정으로 이어져가지 않을까 싶었습니다.

그러던 중 한 지인의 말이 나의 열정에 불을 지폈습니다.

"히로코, 영화를 직접 만드는 건 어때?"

천지 합작 영화

47세의 나이에 남편을 잃은 네 아이의 엄마가 경험도 없이 영화를 만들고 싶다는 큰일을 생각해버렸습니다. 경제적·시간적·기술적 뒷받침 없이 남편이 사망할 때까지의 기록 영상이 유일하게 있을 뿐인데요. 봉인하고 있던 그 영상이 뜻하지 않게 내 등을 떠밀었습니다. 어쨌든 '의지와 열정과 생각'만으로 움직이기 시작했습니다.

이상하게도 마음을 먹고 나니 기적이 이어지듯 이끌리는 대로 영화 제작이 진행되었습니다. 시의적절하게 필요한 사람들을 만나면서 제작 속도는 가속이 붙었죠.

각본 하나하나, 한 마디 한 마디는 남편의 영정 앞에 정좌하고 남편과 대화하며 받은 영감을 토대로 썼습니다. 영화 음악은 피아노를 배운 적도 없는 내 손가락이 건반 위에서 자유롭게 움직이며 멜로디가 되어갔습니다. 그때그때 녹음한 멜로디를 영상과 합쳐보니 그 장면에 딱 들어맞는 곡이 되었습니다.

영화 제작사가 할 만한 제작팀을 만들지도, 스폰서를 구하지도 않은 채 직접 각본을 쓰고 내레이션을 넣었습니다. 가족을 간병한 사람들을 찾아가 인터뷰를 하고 작곡과 연주와 노래도 직접 했지요. 편집은 결혼 초부터 인연이 있던 20년 지기 친구가 도와주었고, 엔딩 송은 알게 된 지 얼마 안 된 사람이 듀엣을 해주었습니다.

영화를 만들겠다고 무모한 선언을 했을 때 흔쾌히 후원해준 친구들의 마음은 늘 내 등을 받쳐주었어요.

완성된 영화를 다시 보면 실제로 몸을 쓰는 사람은 나이지만, 혼자 만든 영화가 아님을 알 수 있습니다. 미·일 합작 영화라든가 한·일 합작이라는 표현을 자주 접하지만, 이 영화는 틀림없는 천지 합작 영화라고 생각합니다.

'하늘나라에 있는 남편과 땅 위에 있는 나'라는 의미도 있고, 영화에 출연해준 사람들과 그 출연자들의 간호를 받다가 생을 마감한 사람들, 그 하늘과 땅의 연결이 없다면 완성할 수 없었습니다.

남편이 죽은 지 6년이 되던 해인 2015년 4월 12일에 돗토리현 요나고에서 다큐멘터리 영화 〈이키타히: 임종 간호, 생명의 바통〉은 탄성을 지를 수 있었습니다.

영화 〈이키타히〉에
담은 생각

영화 〈이키타히〉를 만들면서 큰 주제 가운데 하나
이기도 한 생명의 바통을 무언가 상징처럼 시각적인 형태
로 만들 수는 없을까 고민했습니다. 그래서 이전에 만난 납
관사가 보여준 '삶(生)'과 '죽음(死)'을 합쳐놓은 문자를 떠올
렸습니다.

'생(生)'자 다섯 번째 획과 '사(死)'자 첫 획을 붙여서 만든
조어입니다. '사'의 여섯 번째 획이 다시 위를 향해 튀어 올
라, '생'의 첫 획으로 이어지도록 함으로써 삶과 죽음이 끝
없이 순환해 생명의 바통이 지속함을 내포하고 있습니다.

제4장: 생환

그걸 친정엄마에게 부탁했는데 흔쾌히 써주었습니다. 내 생명이 엄마의 태내에 있었고, 엄마도 할머니의 태내에 있었으니 생명의 연결고리를 생각하면 나보다 친정엄마가 쓰는 게 더 적합하다고 판단했습니다.

이 한자를 사람들에게 보이며 당신이라면 어떻게 읽겠는지 질문하고 다녔습니다.

'즐기다'로 읽은 청년이 있어 이유를 묻자 이런 이야기를 들려주었습니다.

"어머니는 자살하셨습니다. 좀 더 인생을 즐길 수도 있었을 텐데… 인생, 즐긴 사람이 임자죠."

'힘'이라고 읽은 사람은 간호대학에 다니는 여학생이었습니다. 이유를 물어보았습니다.

"사람은 태어날 때나 죽을 때나 힘이 필요한 것 같아요. 태어나려면 '살자!'라는 각오가 필요하고, 죽을 때는 '죽음'을 받아들일 줄 아는 힘이 필요하죠."

많은 사람이 이 글자를 생명, 빛, 행복, 영원, 감사, 사랑, 무덤, 지금, 여기, 연결, 여행 등 다양한 관점에서 보았습니다. 각자의 생각이 다른 것처럼.

'죽음(死)'이라는 한자 안에 가타카나의 '타(夕)'와 '히(ヒ)'

삶(生)과 죽음(死)을 결합한 문자를 보고 있으면 다른 사람과 나, 남편과 나의 경계가 사라지는 듯한 느낌이 든다.

가 있는 것을 보고, '생(生, '이키루'라고도 읽는다)' 아래의 '타'와 '히'를 합해 '이키타히'라고 읽기로 했지만, 남녀노소를 불문하고 많은 사람이 읽고 고민해봤으면 합니다.

'이키타히'의 '히'를 '이'로 음독해 어디를 향해 '가고 싶다'라든가, 어떻게 '살고 싶다'라든가, 자신의 무엇을 어떻게 '살리고 싶다'라든가, 최후는 어떻게 '가고 싶다'라든가, 윤회·환생을 믿기 때문에 다양한 경험을 하기 위해 저승과 이승을 '걷고 싶다' 등 여러 의미를 부여하고 있습니다.

이 다섯 개의 '이키타이' 외에 '살아온 날'도 있습니다.

하루를 평생으로 잡습니다. 잠자리에 들 때마다 하루가 리셋되고, 일출과 함께 갓난아기가 울음소리를 지르며 새로운 일생이 시작됩니다. 매일 죽고 매일 되살아나는 반복이 인생이 되므로 이 하루를 마음껏 즐기면서 경험을 쌓고 싶은 생각.

또 하나 '이키타히'. 우리는 모든 체력을 쏟아붓고 타버릴 때까지 스스로의 생명의 등불을 계속 태워 나가는데, 몸도 소모품이므로 나이가 들수록 체력이 쇠약해지고 장기 기능이 저하되어갑니다.

하지만 먹을 수 없으면 억지로 먹지 않아도 되고, 마시기 힘들면 굳이 마시지 않아도 됩니다. 잘 들리지 않고, 잘 보이지 않으며, 움직이기 어려워지는 것은 극히 자연스러운 현상이므로 무조건 저항할 필요는 없습니다.

자신의 힘으로 마지막 순간까지 생명의 등불을 태우면서 마른 가지처럼 가벼워진 상태로 마무리하는 것이 이상적입니다. 모두 그것을 바라지만, '죽음'에 대한 공포나 불안이 앞서버려 결국 약을 사용해 연명하는 데 매달리는 것이 아닐까요.

우선은 '죽음에 관한 공부'가 필요합니다.

임종을 배우고, 나중에 다른 것을 배워야 한다는 니치렌(일본 불교의 한 종파)의 메시지 속에 해결의 실마리가 있는 것 같아 영화에도 이 격언을 삽입했습니다.

'생(生)'자 밑에 '하나 일(一)', '사(死)'자 위의 '하나 일(一)'

을 붙이는 데 있어 정반대라도 그 경계는 모호하며, 이 세상의 양극화는 그것이 하나가 되었을 때의 감동·환희·감사를 체감하기 위함이 아닐까요.

저세상과 이 세상, 나라와 나라, 당신과 나, 부모와 자식, 남자와 여자, 나와 조상, 자연과 인간, 몸과 마음, 과거와 미래….

'생'과 '죽음'이라는 정반대의 것을 하나로 묶었는데 거기에 조화·융합·통일·일체라는 세계가 보입니다. 시대적으로 볼 때 현대는 결별·분리·배제·투쟁의 세계가 끝을 향해 움직이고 있는 게 아닐까요? 그런 시대 흐름에서 이 조어가 살아나지 않았나 싶지만, 원래 존재하던 글자가 시간이 차서 부활한 것인지도 모릅니다.

우주에서 보면 지구상에 나라와 나라의 경계선이 없고, 몸과 마음이 한 몸이며, 과거와 미래를 잇는 것은 지금 현재이고, 남녀가 한 몸이 됨으로써 그곳에 생명이 깃듭니다. 부모와 자식도 다른 존재이기는 하지만 피로 연결되어 있습니다.

조상이 있어 자신이 있고, 조상 중 어느 한 사람이라도 빠지면 자신은 태어나지 않는다는 것을 생각하면 많은 조상의 결집체로서의 자신을 깨닫게 됩니다.

죽음 위에 태어나는 생명이라면 자기를 비하하거나 부정함은 자기 목숨을 부정하는 것이고, 자기가 태어나기 위해 필요했던 선조 전부를 부정하는 게 아닐까요?

우리는 나날의 양식으로 많은 생명을 받고 있습니다. 이 몸이 수많은 생명 위에 구성되어 있다면 자신이 제대로 살아가는 것이 곧 그들이 자신의 속에서 되살아나는 것이며, 반대로 자신이 제대로 살아가지 못하는 것은 그들의 생명이 헛되이 되어버리는 것과 같습니다.

이렇게 삶과 죽음을 결합한 문자를 바라보고 있으면 다른 사람과 나, 잃어버린 남편과 나의 경계가 사라지는 듯한 느낌이 듭니다.

'생(生)'의 마지막 '일(一)'은 삶의 마지막 '일(一)'인 동시에 '사(死)'의 첫 '일(一)'이기도 하므로 저승의 첫걸음과 겹쳐집니다. 어떻게 살아왔는지 그 삶의 모습이 죽는 모습으로 나타난다고 함은, 어떻게 죽고 싶은지 생각하는 것을 통해 지금 어떻게 살아야 하는지가 보입니다.

한정된 생명은 당장 내일 죽을지 모른다고 생각하니 하루하루가 소중하고, 인연은 그 무엇과도 바꿀 수 없으며 모든 일이 귀중하므로 '정직하게 살아가자'라고 생각하게 됩니다.

시한부를 선고받은 사람도, 그렇지 않은 사람도 모두 '죽음'과 이웃해 살고 있으므로 재수가 없다거나 불길하다는 이유로 생각하는 것을 피하면 인생 그 자체가 애매하게 되어버리는 것 같습니다. 그러고 보면 육체에 한계가 있다는 것도 감사한 일처럼 느껴집니다.

말 없는 인형들의 기도

'생명의 바통' 상징으로 내가 힘을 빌리고 있는 것이 하나 더 있습니다. 인형작가 아베 아케미가 만든 인형들입니다.

〈이키타히〉를 본 사람들은 알겠지만, 영화 도입부에 인형이 많이 등장합니다. 일본의 여느 단란한 가정의 형태를 띠는 인형으로 할아버지와 할머니, 아버지와 어머니, 아이들이 일상의 한 장면을 보여주고 있습니다.

거기에는 '생(生)'에 대한 감사와 '사(死)'에 대한 각오 등이 확실히 담겨 있습니다. 즉 가족이 한 지붕 아래 살고, 그

집의 다다미에서 새 생명의 탄생도 한 생명의 최후도 당연한 것처럼 지켜보는 것이라고 알려줍니다.

아베 아케미의 인형은 모두 기모노를 입고 있습니다. 내가 상영회에서 기모노를 꼭 입고 인사하는 것은 띠를 매던 시절로 돌아가지 않겠느냐는 메시지이기도 합니다.

돗토리현 요나고에 살고 있는 아베 아케미의 작품집을 우연히 볼 기회가 있었습니다. 책장을 넘기면서 이 인형들을 내 영화에 등장시킨다면 얼마나 좋을까 생각하던 찰나, 때마침 함께 있던 사람이 우연하게도 이 작가를 알고 있었습니다.

"아베의 연락처라면 알고 있어요. 지금 전화해볼까요?"

놀라는 나를 뒤로하고 바로 전화를 걸어준 덕분에 내 생각을 작가에게 직접 전할 수 있었습니다.

아베 아케미는 본 적 없는 내게 전화상으로 망설임 없이 승낙해주었습니다.

"겨우 만나게 됐네요. 말 없는 이 인형들에게 전해주고 싶은 내용이 있었어요. 만약 하세가와가 이 인형들의 목소리를 영화로 대변해줄 수 있다면 꼭 써주세요."

남편이 고른 부모

현재 영화가 실린 DVD 한 장을 가지고 전국을 돌아다니고 있습니다. 영화 상영과 강연은 세트이므로 영화 영상만 내세우지는 않습니다.

그래서 사이타마 집에는 거의 들어가지 못하고 있습니다. 그렇게 할 수 있는 건 네 아이가 뭉쳐서 집을 잘 지켜주고 있는 덕분이죠. 그런 날을 보내면서 이 아이들도 함께 큰 역할을 하고 있음을 느낍니다.

남편이 죽고 꽤 시간이 지났을 때 시아버지에게 물은 적이 있습니다.

"히데오의 꿈을 꾼 적이 있으세요?"

"한 번도 못 봤지…. 적어도 잘 때 정도는 잊게 해준다."

적어도 잘 때 정도는…. 그렇습니다, 시아버지는 깨어 있는 내내 죽은 아들을 생각하고 있었습니다. 부자간의 끈끈한 유대감은 며느리가 비집고 들어갈 틈이 없음을 다시 한번 깊이 느꼈습니다.

한편 남편은 삼 형제 중 둘째이고, 형제 모두 교토대학 대학원을 나왔기 때문에 결혼했을 무렵 교육열이 상당히 높은 집안인가 싶었습니다. 실제로 시어머니는 그렇지 않고 배짱이 두둑한 사람이었습니다.

어떻게 하다 보니 영화 제작을 시부모에게 말하지 못하고 있었습니다. 출산의 고통을 겪고 낳은 소중하게 키운 자식이 병든 모습과 사체 상태로 스크린에 비춰지는 것은 부모로서 견딜 수 없는 일이지 싶어 차마 말을 꺼내지 못했습니다.

그러나 언론에서 영화를 다루게 되어 상영회를 응원해주는 목소리가 전국으로 퍼질 무렵, 더는 미루면 안 된다고 생각해 니가타에 사는 시어머니에게 연락했습니다.

대충 설명했지만, 수화기 너머의 시어머니는 아무 말이

없었습니다.

"어머니, 그래도 영화를 봐준 사람들이 이제 죽음을 맞이할 각오가 됐다라거나 오늘 하루 열심히 살아야겠다고 생각했다라거나 죽는 게 두렵지 않게 됐다 등 긍정적인 소감을 들려주거든요. 부모와 자녀가 함께 보러 오거나 부부가 함께 본 사람들이 그 관계성이나 유대를 더욱 돈독히 할 수 있었다고 말해주기도 하고요."

당황한 내게 시어머니는 읊조리듯 조용조용 말했습니다.

"히데오는 죽지 않았구나…"

시어머니가 큰 충격을 받은 나머지 아들의 죽음을 받아들이고 싶어 하지 않을까 봐 나도 모르게 걱정했습니다. 하지만 시어머니는 스스로에게 타이르듯 했습니다.

"히데오는 지금도 살아 있는 거잖아."

영화로 부활한 히데오와 이인삼각으로 매일같이 전국을 누비고 있다고 설명했더니, 시어머니는 걱정해주었습니다.

"영화 제작비는 어떻게 마련했니?"

"그이가 남겨준 저금을 몽땅 털었어요."

"그렇게 해서 되겠어?"

"그럼요, 상영비를 받고 있어요."

"어머나, 히데오는 죽어서도 벌고 있네, 대단하구나!"

시어머니는 안심한 듯이 말했습니다.

남편이 죽고 난 뒤 시부모와의 대화를 통해 남편 역시 부모를 선택해 이 세상에 태어났구나 하는 생각이 강하게 들었습니다.

신뢰 관계는
육체의 유무를 넘어서

이 책을 읽고 있는 여러분은 오링테스트를 아는지 궁금합니다.

손가락을 이용해 대상물이 자신에게 맞는지 확인하는 방법으로 테라피나 힐링 현장 등에서 널리 쓰이고 있습니다. 준비물이 필요 없고, 간편하게 언제 어디서나 할 수 있어 무언가를 선택할 때 자주 오링테스트의 힘을 빌립니다.

영화 상영회에서 입을 기모노나 띠를 고른다든지 띠를 맬 때 쓰는 소품을 어느 것으로 할지 망설일 때 오링테스트 결과에 맡깁니다.

"있잖아요, 내일은 어디에서 상영회를 하는데, 어느 쪽이
좋을까요?"

남편에게 물어보면 내 손가락을 통해 조언해줍니다.

혼자서 판단하려면 우왕좌왕 곤란해지거나 결정한 후에
도 불안하지만, 남편이 결정해준 것이라고 생각하면 헤매지
않을 수 있습니다. '앞으로 잘 부탁해!' 느낌으로 편안하게
결과를 맡길 수 있습니다.

결국에는 자신의 잠재의식을 반영한 것에 불과할 수 있
지만, 오링테스트의 옳고 그름이 아니라 남편에게 물어보는
행위를 통해 함께하고 있음을 자각할 수 있다는 게 중요합
니다.

이를 통해 신뢰 관계는 육체의 유무를 넘어 심화시킬 수
있음을 알게 되었습니다.

돌이켜보면 영화 제작도 정말 혼자였다면 완성하지 못했
을 겁니다. 항상 남편에게 묻고, 남편에게 답을 얻고, 그렇게
탄생한 영화와 상영회임을 실감하고 있습니다.

상영회를 하면서 전국을 돌고 있으면 지리 감각이 무뎌
져서 다음 상영지에 도착할 수 있을지 불안해지는 일이 종
종 있습니다.

어쨌든 상영 의뢰를 받고 주최자와 협상하는 것도, 스케줄을 조정하는 것도, 이동 절차를 밟는 것도 모두 혼자 하니까요.

시마네현 상영회에서 있었던 일입니다. 상영과 강연을 마치고 마지막 비행기에 몸을 실어 도쿄에 돌아가지 않으면 다음 날 도쿄 도내에서의 상영이 늦어지는데, 그날은 아침부터 전국에 폭설이 내려 비행기는 차례차례 결항되었습니다.

페이스북에 불안감을 호소했을 때, 고베에서 영화를 주최한 사람이 전화로 정보를 알려주었습니다.

"여차하면 시마네현과 도쿄를 잇는 침대열차가 있어!"

언제나처럼 오링테스트르 통해 남편에게 의견을 구해보았습니다.

나   오늘 밤 하네다행 비행기가 뜰까?

남편   아니.

나   신칸센으로 돌아갈 수 있어?

남편   힘들어.

나   침대열차로 갈까?

남편   그렇게 해.

남편과의 영적 대화를 마치고 곧바로 시마네현 주최자에게 연락했습니다.

"죄송합니다. 돌아가는 비행기를 취소할 수 있을까요? 침대 특급열차 '선라이즈 이즈모'를 이용하겠습니다!"

주최자가 공항에 문의했더니 밤 항공편의 결항은 아직 확정되지 않았지만, 사정과 날씨를 고려해 전액 환불받고 당일 취소를 완료했습니다.

JR에 계속 문의했는데, 도쿄행 특급열차는 인기가 있는지 당일 예약은 어렵다면서도 1인실만 빈자리가 있어 예약했습니다. 우연히 페이스북을 봐준 효고현 고베시 주최자와 시마네현 주최자의 신속한 대응이 절묘했습니다.

생애 첫 침대열차 '선라이즈 이즈모'는 호텔처럼 편안했습니다. 잠옷이며 슬리퍼, 테이블, 거울, 샤워기까지 완비되어 있었습니다. 느긋하게 두 다리를 뻗고 있는데 FM 라디오에서 남편과의 추억이 담긴 클래식이 흘러나왔습니다.

남편은 비행기가 아니라 이 열차에 나를 태우고 싶었던 모양입니다.

새벽 차창 너머로 보이는 일출은 그야말로 깜짝 선물이었습니다. 열차가 도쿄역에 도착했을 즈음에는 밤 동안 내린 눈도 그치고 푸른 하늘이 펼쳐져 있었습니다.

눈이 내리면 상영회에 오는 사람들이 힘들 거라며 했던 걱정이 무색해지는 날씨였습니다. 150명 정원의 상영회에 180명이 방문해 회장 전체가 눈물에 젖었는데 관객의 눈물에 나도 따라 울고 말았습니다.

상영회 특성상 여러 해프닝에 휩쓸리기 십상이지만 전국에서 지지해주는 주최자, 상영회장에 발길을 옮겨주는 관객들, 집에서 나의 부재를 메꿔주는 아이들, 나와 함께 전국을 바쁘게 돌아다니는 천국의 남편…. 모든 존재에 감사할 따름입니다.

사진과 흡사한 영화 전단지

영화를 상영하고 싶다고 목소리를 높이는 주최자는 상영회 전단지를 직접 만듭니다.

도야마현에서 영화 상영을 결정했을 때의 일입니다. 주최자는 젊은 사람이었습니다. 그녀가 만든 전단지를 본 순간 깜짝 놀랐습니다. 거기에는 내가 매일같이 보던 눈에 익은 사진과 꼭 닮은 그림이 있었습니다.

남편이 죽기 전에 우리 가족은 처음이자 마지막 가족 여행으로 오제에 갔을 때 사진을 많이 찍었습니다. 그중에서도 남편과 내가 바싹 붙어서 숲속을 걷는 사진이 마음에 들었습니다. 그 사진을 확대해서 부엌에 붙여놓고 요리할 때마다 사진 속 남편에게 말을 걸고 있었습니다.

그녀가 만든 전단지는 그 사진과 많이 닮았습니다. 나는 그 사진을 공개한 적이 없어서 주최자에게 혹시 이 사진을 아는지 메일로 물었더니 그녀도 놀라는 눈치였습니다.

아마 우리 부부가 매일같이 오르던 히와다산의 산길을 이미지화한 것 같은데, 정성스럽게 그린 광경이 사실적이어서 기뻤습니다.

오제에서 찍은 이 사진 속에서 우리 부부는 숲속길을 산책하던 중 가랑비가 내려 허둥지둥 비옷을 입었습니다. 왼쪽 귀밑이 부어오르고 눈가와 입가의 신경이 마비된 상태를 눈에 띄지 않게 하려고 남편은 검은 렌즈 선글라스에 수염을 기른 모습입니다. 남편과 내가 마치 날개를 펼친 천사나 요정처럼 보여서 마음에 드는 사진이기도 합니다.

우리 부부가 매일같이 오르던 히와다산의 산길을 이미지화한 전단지.

마지막 가족 여행지였던 오제의 숲속길에서 산책하는 모습.

영화가
사람을 끌어당기다

천지 합작으로 만든 영화를 들고 전국을 돌아다니다 보면 사람과의 만남에서 내가 헤아릴 수 없는 곳에 큰 의도가 있음을 느끼게 됩니다.

어느 날, 간사이 지역에서 영화를 상영해준 주최자와 평소 나를 지원해주는 사람들이 모임을 열어주었습니다. 다음 날 효고현 히메지시에서 열릴 상영회를 고려해 고베시 산노미야에서 저녁을 하기로 하고 오사카·교토·고베를 비롯해 아와지·도쿠시마에서도 달려와 주었습니다.

안면이 있는 사람이 있는가 하면 초면인 사람도 있었는

데, 순식간에 20명 정도가 마음을 터놓고 구면인 듯한 화기애애한 분위기가 되었습니다.

그날 모임 회장으로서 가게를 빌려준 사람을 신칸센 신코베역에서도, 재래선 산노미야역에서도 멀지 않은 창작 약선요리(약재와 같이 몸에 좋은 식재료로 만든 건강식)와 오코노미야키가 일품인 '잇스미 이치구'에서 우연히 상영 주최자 중 한 사람이 소개해주었습니다.

처음 방문한 음식점이지만 만나보기 전부터 '약선요리'에 흥미가 있었습니다. 죽은 남편은 약학 박사로, 특히 화학약품보다 생약이나 한방 연구에 힘을 쏟고 있어 의식동원(약과 식품은 사람의 건강을 유지하는 필수불가결한 것으로서 그 근원은 같다는 중국 고대의 사고방식)이나 약선이라는 사고방식에 깊게 접해왔기 때문입니다.

이 가게의 대표 메뉴인 오코노미야키는 밀가루 대신 쌀가루를 쓰는데, 아키타산 쌀을 고집하고 있었습니다. 친정인 아키타에서 오래전부터 쌀가게를 해오고 있는데 그것만으로도 이 인연은 우연이 아니라 필연임을 느꼈습니다.

모임이 시작되고 음식을 먹으며 참석한 사람들이 차례로 자기소개를 하고 있을 때, 바쁜 가게 주인이 와서 운 좋게 인사할 수 있었습니다.

주인 나카무라 준코는 경험을 토대로 몸과 마음을 위해 좋은 요리를 추구하는 요리 연구가였습니다.

게다가 노인이나 몸이 불편한 사람들이 정든 환경에서 계속 생활하기 위한 지원을 하는 NPO(민간 비영리 단체) 법인도 설립했습니다. 더욱 놀라운 점은 1963년부터 임종 장소에 찾아가는 조사사(죽음을 앞둔 사람을 도와주는 사람)로서 자원봉사를 하고 있었습니다.

만남을 위해 만난 것 같은 미팅에 모두 흥분하고 있을 때, 가게의 단골인 듯한 정장 차림의 남자가 혼자 들어왔습니다. 입구에서 바로 보이는 공간을 우리가 차지하고 있었고 우리 외에는 손님이 없다는 것은 밖에서 봐도 금방 알 수 있었습니다.

나중에 들어보니 이 가게를 빌린 게 아니었습니다. 그는 이날 아내가 외출해서 저녁 준비가 되어 있지 않아 흥분한 우리 옆을 지나 안쪽 카운터에 앉았다고 합니다. 그 남자는 가게 주인의 주치의 중 한 명이자 전 참의원 우메무라 사토시였습니다.

내과 의사이자 정치인 입장에서 그는 국민적 논의를 충

분히 한 다음 '존엄사(평온사)'를 법제화해 인생의 종말기를 보내는 방법을 유의미한 것으로 할 필요가 있다고 호소하고 있었습니다. 불과 며칠 전만 해도 TV 프로그램 〈거기까지 말해 위원회〉에 출연해 존엄사 이야기를 했습니다.

맛있는 오코노미야키를 먹고 한창 들떠 있는데, 며칠 전 TV에서 존엄사를 이야기하던 사람이 갑자기 눈앞에 나타났으니 모임 참석자들은 어안이 벙벙했고, 우메무라 본인도 매우 놀라는 눈치였습니다.

사람과 사람 간의 연결이나 만남에서 당사자끼리의 인연만으로는 설명할 수 없는 일이 빈번하게 일어납니다. 죽은 남편이 나를 보살펴주고자 하는 사람을 발견하고 하늘나라에 있는 그의 조상이나 인연이 있는 사람과 함께 손짓해주는 듯한 기분이 들었습니다.

남편을 하늘나라로 보낸 후 그런 만남이 가는 곳마다 있는 것을 보고, 이상한 일로 치부할 것이 아니라 큰 의도가 작용하는 것으로 받아들였습니다.

어딘가에서 누군가를 만남으로써 감사와 함께 큰 에너지를 충전하는 것 같습니다.

어떻게 연명시키는가가 아닌,
어떻게 후회 없이 살 것인가

🦋 　　남편이 죽은 직후, 육아를 상담할 상대가 없어져 혼자서 어떻게 하면 좋을까 안절부절못하던 순간이 있었습니다. 사고·질병·사춘기 같은 장벽을 혼자 극복할 수 있을까 싶어 불안하기도 했습니다.

현실을 받아들여야 했습니다. 7주기까지는 어쨌든 액셀 밟듯 계속 달리자고 마음먹었습니다. 감수성이 풍부한 또래의 아이 넷과 내가 침울하게 울고 있을 때가 아니었기 때문입니다.

남편의 영결식 후 불과 열흘이 지나서 운전면허학원에

다니기 시작했고, 사회와 TV 출연, 체조 지도를 재개했습니다. 그리고 나서부터는 액셀을 밟고 전속력으로 달렸습니다. 어떻게든 7회차를 맞이해 처음으로 아이들과 함께 영화를 볼 기회가 생겼습니다. 7주기 법회(죽은 사람을 위해 재를 올리는 모임) 후, 가족과 함께 성묘하고 그길로 가족이 모여서 영화 상영회장에 갔습니다.

예정된 일은 아니었습니다. 주최한 사람이 상영 후에 아이들에게 각자 감상이나 엄마에게 하고 싶은 말 등을 이야기할 기회를 주었습니다.

호나미　오늘 영화를 보니 그때의 마음이 되살아나는 것 같았습니다. 아빠가 죽었을 때, 슬프기도 했지만 (한편으로는) 지금도 (아빠는) 곁에 있는 것 같아요. 엄마와 이야기하고 있을 때, 내가 하는 말이 아니라 아빠가 나의 입을 통해 말하는 기분이 드는 경우가 종종 있었습니다. 아빠의 죽음은 일반적으로 보면 (슬프고) 좋지 않은 일이지만, 그로 인해 인생의 새로운 발걸음을 내딛게 되었다는 생각도 듭니다.

리애　엄마가 영화 만들기에 열심인 모습을 보면서 (빨리) 보고 싶었지만, (막상 완성되고 보니) 용기가 나지 않아서 두려웠어요. 그런데 오늘 영화를 볼 기회가 생겼고, 아빠의 죽음이 나를 성장시켜주었다는 걸 새삼 느꼈습니다. 그 시절 사춘기여서 '고마워요', '죄송해요'라는 말도 하지 못한 채 아빠를 떠나보냈고 내내 후회했습니다. 작년이었을까, 아빠가 꿈에 나타났어요. 그때 '고마워요', '죄송해요'라고 제대로 말할 수 있었는데 아빠가 받아주어서 아쉬움이 없어져 다행이라고 생각했어요.

유우타　영화를 보고 다시금 아빠가 대단하다는 생각이 들었습니다. 아빠뿐 아니라 영화를 만든 엄마는 더 대단하다는 생각을 처음 했어요.

마사키　영화 속의 꽤 어렸던 나를 보고 그때는 아빠가 죽었다는 것(무슨 말인지)을 잘 몰라 실감이 안 났는데, 지금은 (아빠의) 영혼이 가까이 있음을 느끼고 있어요. 엄마는 거의 집에 안 계시고 힘들 것 같아

서 형과 놀기도 하는데, 역시 조금 외로워요. 엄마
가 무리하지 않았으면 좋겠어요.

단상에 오른 아이들이 해준 말에 놀라고 감동했습니다.

사람들 앞에서 외롭다고 솔직하게 본심을 말한 막내, 아빠의 죽음을 영화로 만든 엄마가 대단하다고 해준 큰아들, 눈물을 흘리면서 반항기를 되돌아보고 '고마워요', '죄송해요'라는 말을 겨우 할 수 있었다는 작은딸, 인생의 재출발이 된 것 같다든지 자신의 입을 빌려 아빠가 이야기하는 것 같은 기분이 들었다는 큰딸…

이 아이들은 이제 괜찮다고 실감했습니다.

그 상영회에는 아키타에 사는 부모님도 와 있었습니다. 영화 〈이키타히〉의 제목은 친정엄마가 써주었습니다. 스크린에 타이틀을 비춰 객석에 앉은 엄마에게 실제로 보여줄 수 있다니 감회가 새로웠습니다.

또 친정아버지가 들릴 듯 말 듯한 목소리로 "히로코는 대단하구나"라고 해주었을 때, 그 단 한마디에 몸이 녹아내리는 듯한 안도감을 느꼈습니다.

'7주기까지는!'이라고 정신없이 달렸던 날들이 이날 모두

보상받는 것 같았습니다. 그때 이제는 죽어도 여한이 없다고 느끼는 내가 보였습니다. 죽어도 좋다고 진심으로 느끼는 자신이 놀라우면서도 죽음이란 그런 건가 하는 생각이 들더군요.

해냈다는 성취감과 충만함 끝에 '수고하셨습니다. 이젠 됐어요'라며 육체에서 해방되는 게 본래 죽음임을 깨달았습니다. 어떻게 연명시키는가가 아닌, 어떻게 후회 없이 살 것인가에 의식을 돌려야 하는 건 아닌가 하고….

그러면 자연스럽게 답이 보이지 않을까요? 끝까지 산다는 건 숨을 끊는다는 것입니다. 숨(息)이라는 글자는 자신(自)의 마음(心)이라고 씁니다. 스스로의 마음을 자르는, 즉 지상에서의 영혼이 머무르는 기간은 각각 정해져 있고, 마지막 날에 이르게 되므로 끝나는 것이 아니라 끝내는 것입니다. 마지막 순간에 인생의 막을 어떻게 내리는가가 중요함을 알려준 것 같습니다.

살아서 돌아온
남편

영화 상영과 강연이 끝난 후 시간이 날 때마다 상영회를 찾은 관객에게 소감을 묻는 자리를 마련하고 있습니다.

어느 회장에서 이런 질문을 던진 사람이 있었습니다.

"남편이 47세에 죽음을 맞이한 것, 눈에 보이는 곳에 암이 발병한 것, 그 과정을 기록한 일, 그것을 영화라는 형태로 만든 것 등이 모두 필연이라고 생각합니까?"

"네, 시나리오대로입니다."

곧바로 대답하니 질문한 그는 매우 놀라워했습니다.

"남편은 암을 극복할 수 있음을 믿고 기록 영상을 찍어 두라고 했습니다. 나도 생환을 믿었기에 촬영했습니다. 그러나 남편은 6개월 시한부를 선고받고 3개월 만에 죽었습니다. 남겨진 내가 할 수 있는 일이라고는 남편이 목숨을 걸고 남긴 귀중한 영상을 살리는 것밖에 없었습니다. 남편의 죽음 없이는 이 영화가 존재하지 않았을 겁니다.

남편의 죽음을 내가 살리고, 내 삶을 죽은 남편이 살려주는 거라고 생각합니다. 죽음을 살리는 삶, 삶을 살리는 죽음. 영화 〈이키타히〉라는 제목의 삶과 죽음을 결합한 문자는 우리 부부의 상징이기도 합니다."

그는 고개를 끄덕이며 이렇게 말했습니다.

"남편은 살아서 돌아왔군요."

그 한마디에 여기저기에서 박수가 터져 나왔습니다.

보이지 않지만

구름에 가려진 후지산이 말한다. 보이지는 않지만 있단다.

낮의 별이 속삭인다. 보이지 않을 뿐, 있는 거야.

영정 앞의 향이 미소 짓는다. 닿을 수 없지만 있는 거야.

형태가 있는 것보다 형태가 없는 것에

눈에 보이는 것보다 눈에 보이지 않는 것에

마음을 맡겨보자.

보이는 몸이 병에 걸려도 보이지 않는 마음까지 병에

걸리지 않도록.

비록 몸이 늙었어도 마음이 젊을 수 있도록.

형체가 있지만 애매함, 불확실함을 알수록 마음은

해방된다.

죽음은 육신으로부터의 해방, 자유로의 여행.

제5장
승화

품에
안겨서 가다

간호(看護)를 한자로 풀면 간(看)자는 손(手)을 쓰고 그 밑에 눈(目)을 씁니다. 간병하려면 먼저 손으로 만지지 않으면 시작이 없음을 이 한자가 알려주고 있다고 생각합니다.

작가 세토우치 자쿠초의 "사람은 죽는 순간 25미터 수영장 529개의 물을 순식간에 끓일 수 있을 정도의 에너지를 방출한다"는 말과 상통합니다.

숨을 거둔 사람의 몸이 차가워졌다, 굳어졌다라고 느껴질 즈음에는 고귀하고 방대한 에너지가 간병하는 사람에게로 점점 전해지게 됩니다.

뇌하수체에서 분비되는 옥시토신은 '애정 호르몬', '신뢰 호르몬', '유대 호르몬' 등으로도 불립니다. 이 호르몬은 성별이나 나이에 관계없이 포옹 같은 스킨십에 의해 분비된다고 합니다.

아기가 모유를 먹을 때 아기의 뇌에는 불안이나 공포가 생기지 않습니다. 이유는 엄마와 맞닿아 있고, 안겨 있는 것에 대한 안도감에 싸여 있기 때문입니다.

네 명의 아이를 모유로 키웠습니다. 수유하고 있으면 아이들은 안심이 되는 편안한 표정을, 엄마인 나도 만족스럽고 행복했던 것을 떠올리며 모자 모두에게 옥시토신이 생겼기 때문이구나 하고 납득하게 되었습니다.

좋아하는 사람을 안으면 행복한 기분이 듭니다. 아기가 엄마에게 안겨 행복감을 느끼는 것과 같이, 인생의 최후를 맞이하려는 사람도 누군가가 손을 잡고 안으면 안도감과 행복감을 만끽하며 평온하게 숨을 거둘 수 있습니다. 직접 만지면서 그 사람의 마지막 온기를, 조금씩 차가워지는 변화를 두려워하지 말고 느껴보세요.

고등학교 2학년 딸을 간병하다 떠나보낸 한 엄마는 이렇게 말했습니다.

"딸이 내 팔에 안긴 채 떠나주어서 뿌듯했습니다."

남동생은 관 속에 잠든 누나의 볼에 입을 맞추고는 말했습니다.

"누나 몸을 태우면 뽀뽀 못 하니까 엄마도 뽀뽀해줘."

이처럼 스킨십은 육체가 있기에 가능한 것입니다.

죽어가는 사람의
존엄

요즘은 병원의 병실에서 최후를 맞이하는 것이 어떤 의미에서는 일반화되어 있습니다.

병원이나 의료 방식을 부정할 마음은 없습니다. 하지만 의문이 없다고 하면 거짓말이겠죠. '환자'로서 병원에서 최후를 맞이하는 사람의 상당수는 낙상 방지 난간이 붙은 침대에 누워 링거나 배뇨관, 산소마스크, 심박수를 측정하는 기기의 케이블 등이 몸에 연결되어 있습니다.

병원에 목숨을 맡긴 환자라 가족은 껴안기는커녕 손잡는 것조차 주저하는 일이 드물지 않습니다.

제5장: 승화

의사나 간호사의 눈치를 보면서 "만져도 괜찮습니까?"라고 물어보는 데 위화감을 느낍니다. 침대에 누워 있는 사람은 누구보다도 가까운 남편이거나 아내, 부모 또는 자식일 텐데 대체 누구의 허락을 받아야 한다는 걸까요?

가장 가까이서 지켜봐야 할 마지막인데도 연결된 모니터의 숫자나 파형 따위에 신경 써야 하는 처지가 됩니다. 의사의 사망 확인이 끝난 뒤 "가족은 잠시 밖에서 기다려주십시오"라며 설치한 의료 기기나 산소 흡입관 등을 간호사들이 뗍니다. 그사이 소중한 사람을 병실에 남겨두고 가족은 복도에서 기다리고 있어야 합니다.

생명의 여운을 느끼면서 시간을 보낼 수 있으면 좋겠지만, "사체는 장례식장으로 옮깁니까?", "이송차나 장의사 준비는 끝났습니까?"라는 사무적인 질문이 연달아 던져질 뿐입니다.

병원의 가장 큰 목적은 치료이기에 모든 치료가 끝나 환자가 숨을 거둔 시점에서 병실은 죽은 사람의 거처가 아니기 때문입니다.

영화를 관람한 한 사람으로부터 상영회 후에 이런 말을 들었습니다.

"남편은 집의 다다미에서 뒹굴기를 좋아했어요. 병에 걸려서 입원했지만, 병세는 좋아지지 않고 의식이 몽롱해지는 어느 날 남편이 벌떡 일어나 집으로 돌아가고 싶다고 소리쳤어요. 나도 그런가 싶어서 의사에게 일시 귀가를 부탁했더니 지금 상태로 집에 가면 큰일난다고 하더라고요.

결국 남편은 병원 침대 위에서 숨을 거두었는데, 남편의 시신이 병원에서 장례식장으로 옮겨지는 게 안타까웠습니다. 장례식장에 부탁해 관 바닥에 깔 수 있는 다다미를 준비했습니다. 어떻게든 다다미에 남편을 재워주고 싶었거든요. 친척들은 화장하면 다다미도 타는데 왜 그러느냐며 의아해했지만, 남편의 인생 마지막에 그의 존엄을 지켜주며 보내고 싶었어요."

사명을 가지고
세상을 떠나다

1960년대부터 1970년대까지만 해도 일본인의 상당수는 자택의 다다미에서 인생의 최후를 맞이했습니다. 태어나는 것도, 죽는 것도 어떻게 보면 다다미에서 이뤄지는 것이 일반적이었습니다. 그러나 언제부터인가 탄생과 죽음의 무대가 집에서 병원으로 옮겨졌습니다.

그와 동시에 갓 태어난 아기와 숨을 거두려는 사람은 '건드려서는 안 되는 것'이라는 의식이 싹튼 것 같습니다.

사람은 태어나자마자 누군가의 품에 안기는데, 죽음을 앞두고도 소중한 사람에게 안긴 채 떠나고 싶어 할 것입니다. 그 소원을 이루지 못하고 한발 물러서서 허둥대다가 최후를 맞는 것은 참 쓸쓸한 일입니다.

임종에 참석하는 가족 중에 죽음을 두려워하지 않고 수용할 수 있는 사람이 한 명이라도 있을 때 그 자리의 분위기는 바뀝니다. 송별 받는 사람도 안심하고 떠날 수 있기 때문입니다.

암에 걸린 아버지를 가족과 함께 간병했다는 50대 남자가 이런 말을 했습니다.

"아버지는 일에 열심이셔서 마치 '성실'이 옷을 입고 돌아다니는 것 같은 사람이었습니다. 췌장암이 발견되었을 때, 다른 장기로의 전이가 우려되어 꽤 큰 수술을 했습니다. 그러나 이내 암은 뇌로 전이되어 아버지의 목숨을 앗아갔죠. 마지막은 집이 아닌 병원의 개인실이었지만, 가족이 모두 아버지의 손을 잡고 함께 말을 계속했습니다. 아름다운 꽃과 경치를 좋아했던 아버지에게 "아버지, 한발 앞서 저세상에 가거든 최고로 전망이 좋은 곳을 알아봐 주세요. 우리도 순서대로 꼭 그곳을 찾아서 만나러 갈게요"라고 했어요. 그러자 아버지는 눈을 감은 채 눈물을 흘리더니 아주 조금 입가에 힘을 풀고 웃듯이 숨을 거두셨죠."

매사에 열정적이고 책임감이 강했던 그는 아들의 천국에서의 사명을 기꺼이 받고, 대신에 가족에게 수영장 529개만큼의 에너지를 남겨주고 안심하고 떠날 수 있었을 것입니다.

천국에서의 사명을 받는 것은 책임감이 강한 남자에게는 기쁜 일일지 모릅니다.

남편도 숨을 거두기 직전 우리의 건강을 잘 부탁한다는 나의 숙제에 알겠다고 답했습니다. 현재 전국의 상영회장을 이동하면서 쉴 틈이 없지만, 남편이 나의 건강을 관리해주고 있음을 실감하고 있습니다.

사람은 인생의 마지막에
용서하고 용서받는다

🦋　　영화 〈이키타히〉를 본 이후 49일 이내에 친지 중
한 사람의 부고(訃告)를 받게 된다는 이야기를 자주 접했습
니다. 물론 영화를 본 모든 사람이 그런 것은 아니니 안심
하세요.

"언제 어느 상영회에 참석했었는데, 영화를 보고 나서 며
칠 후에 누가 돌아가셨어요."

이상하게도 부고를 전해주는 사람은 어둡고 무거운 기색
이 없으며, 어딘가 상쾌해 보입니다.

어떤 사람은 이렇게 말했습니다.

"이것이 수영장 529개분의 에너지인가'라고 느끼면서 그것을 받아 제대로 죽음을 맞이할 수 있었습니다. 영화를 보고 정말 좋았어요. 만약 보지 않았다면 상실감 때문에 그저 슬프고 고달픈 이별이었을 텐데, 임종임을 알고 곁에 다가설 수 있어 다행이에요."

이 '생전 49일'의 기간에 들어간 사람은 자신의 최후가 언제인지 알기 때문에 '소중한 사람이 이 영화를 통해 임종이란 어떤 것인지 알기를 바라고 상영회장에 인도했나 보다'라고 자주 느낍니다.

'생전 49일'은 유명을 달리하는 사람이 이 세상에서 한 일들을 정리하는, 이른바 인생의 결산을 맺기 위한 기간이기도 합니다.

절친한 친구는 엄마와 사이가 나빠 15년 동안이나 인연을 끊은 상태였지만, 엄마가 간암으로 시한부 선고를 받은 후 마지막 5개월 동안 같이 살았습니다. 말기 암의 한 증상으로 온몸에 두드러기가 나서 가려워하는 엄마의 몸에 친구는 스테로이드 연고를 정성껏 발라주었습니다. 그 살과 살이 닿는 행동을 통해서 친구는 새삼 엄마의 존재를 인식하기 시작했습니다.

친구는 '생전 49일'이 15년이라는 단절된 기간을 거슬러 새로운 만남을 성사시켜준 것은 아닐까 하고 회상합니다. 엄마는 한 번 더 딸이 어루만져주었으면 해서 그 잠재의식이 전신을 가렵게 했을지도 모른다고….

그 사실을 깨닫고 오랫동안 꼬여 있던 모녀 관계가 정리되어가는 것을 친구는 실감했습니다. 이제는 엄마의 영정에 대고 말을 걸 수 있다고 합니다.

"지금이 사이가 가장 좋아."

이런 이야기를 들려준 사람도 있습니다.

죽음으로 향하는 인생 최후의 시기를 맞아, 누워 있는 엄마가 자꾸 '…다, …다'라는 말을 해서 아무래도 뭔가를 보고 '기쁘다'라고 말하는 것 같았습니다.

"아빠가 마중 나온 게 보여서 기뻐요?"

그게 아니라 천국에 있는 시어머니가 마중 나와서 기뻐하고 있었습니다.

이야기를 들려준 그녀는 어릴 때부터 할머니에게 괴롭힘을 당하는 엄마를 지키는 것은 자신의 몫이라고 마음먹고 살아왔다고 했습니다. 이제 와서 엄마가 할머니가 마중 나온 것을 "기쁘다, 기쁘다"라고 하는 것이 당장 믿어지지 않왔다고 합니다.

　사람은 인생의 마지막에 품고 살아온 한을 풀고 용서를 하고, 용서를 받기도 하며 천국으로 가는 건 아닐까요?

　그녀가 내게 절실히 말해준 것이 마음에 와닿았습니다.

　"사람은 병이나 사고나 재해로 죽는 게 아니라 수명이 다 되어 죽는군요."

죽을 장소를 정한 건
나 자신

🦋　　영화를 상영하는 내내 관객을 무대 위에서 보면 소중함을 느낄 수 있습니다. 상영과 강연이 끝난 후 출구에서 관객을 배웅하다 보면 어느 장소에서나 반드시 몇몇이 감격한 듯 말을 걸어옵니다.

"어머니가 고독하게 돌아가셨거든요."

"간병도 해드리지 못한 채 할머니가 돌아가셨어요."

울면서 말하는 사람도 적지 않은데 가만히 듣다가 물어보곤 합니다.

"할머니 성함이 어떻게 되세요?"

"사키에입니다."

신기하게도 할머니라고 듣는 것과 제대로 된 이름으로 듣는 것은 다릅니다. 이름을 듣는 순간 그 자리의 분위기가 완전히 달라집니다. 정신적인 표현일지 모르지만, 분명히 지금 여기에 그녀도 와 있구나라고 느끼면서 이야기하는 사람과 마주 보려고 합니다.

가족 임종에 참석하지 못하거나 소중한 사람을 곁에서 지켜보지 못해 계속 후회하거나 미안한 마음을 안고 지내는 사람들이 의외로 많습니다.

그러던 사람들이 〈이키타히〉를 보고, 임종 순간을 상기하면서 다시 임종 간호를 하는 것을 알고 무척 기뻤습니다.

이런 사람도 있었습니다. 상영 후에 울면서 나의 품으로 그녀가 뛰어들어 왔습니다.

"이제야 구조됐습니다!"

"어떻게 오셨습니까?"

"엄마는 집에서 내 팔에 안겨 숨이 끊어졌어요. 엄마의 상태가 급변했을 때 구급차를 부르지 않았습니다. 그때 구급차를 불렀더라면 우리 엄마는 죽지 않았을지 모릅니다. 엄마를 죽인 건 나라고… 오늘까지 쭉 책망하며 살아왔습니다. 그런데 이 영화에서 남편이 힘들 때 당신도 구급차를 부르지 않았더라고요. 그 장면을 보고 엄마로부터 답을 받은 것 같았어요. 죽을 장소를 정한 건 본인이라고. '너의 팔에 안겨 숨을 거두면 너의 엄마로 생을 마감할 수 있을 테니까'라는 목소리가 들린 것 같아서…"

집 안에서는 남편이자 아버지인 남자가 직장에서는 과장이거나 부장이 되는 것처럼, 사람은 누구나 그때그때의 환경에 따라 자신의 입장을 바꿔가며 살아갑니다.

그녀의 어머니는 딸의 팔에 안겨 어머니라는 입장에서 숨을 거두었습니다. 만약 구급차를 타고 있었다면 환자라는 입장에서, 병원에 있었다면 환자라는 입장에서 숨을 거두었을 겁니다.

임종 간호를
다시 하다

어느 상영회에 지역 현(県) 의회 의원이 방문했습니다. 영화 시작 전에 그는 양해를 구해왔습니다.

"다음 스케줄이 있어서 도중에 자리를 비우게 될 것 같습니다."

그런데 영화와 강연이 모두 끝났지만, 아직 자리를 지키고 있었습니다.

"괜찮다면 소감을 말씀해주시겠습니까?"

마이크를 돌렸는데, 그는 어깨를 들먹이며 울음을 터뜨렸습니다.

조금 진정되기를 기다리다 물었습니다.

"왜 그러십니까?"

"영화를 보고 강연을 듣다 보니 아버지께서 돌아가셨을 때가 생각이 납니다."

입술을 깨물며 말을 이어 나갔습니다.

저녁 시간, 2층에서 자고 있을 때 1층에서 어머니가 큰 소리로 그의 이름을 불렀다고 합니다. 황급히 내려와 보니 화장실에 아버지가 쓰러져 있었는데 가족이 발견했을 때는 이미 뇌출혈로 숨을 거둔 뒤였습니다.

하지만 그는 아버지의 몸을 안은 채 사라져가는 온기를 감지했습니다.

"아버지가 내게 몸을 안겨줌으로써 수영장 529개분의 에너지를 받으라고 했다는 걸 오늘 여기 와서 알았어요. 오늘 아버지를 다시 보게 된 기분입니다."

그때의 소감을 밝혔습니다.

이 영화를 일찍 보았더라면 죽음을 앞둔 사람들을 좀 더 따뜻하게 배웅할 수 있지 않았을까라는 생각을 하는 어느 방문간호사는 자신의 가족을 병원에서 보살폈습니다.

"어머니와 사이가 참 좋은 아버지는 병원에 입원해 있었는데, 어머니는 매일 병원에 다니며 하루 대부분을 아버지 곁에서 보냈어요. 아버지의 상태가 안정되던 어느 날, 마침 쉬는 날이라 내가 아버지 곁에 있게 되었고 어머니는 집안 일을 마치기 위해 귀가했습니다. 갑자기 병세가 급변해 나만 지켜보는 앞에서 아버지는 임종하셨죠. 줄곧 '왜?'라고 생각했는데 〈이키타히〉를 보니 답이 나온 것 같아요. 아버지는 죽음을 맞이할 때의 에너지를 내게 주고 싶었던 것이 아닐까 싶습니다. 그 에너지로 '엄마를 부탁할게'라며 전해 줬다는 걸 영화를 보고 확실히 알았어요."

그녀는 눈물을 글썽이며 말해주었습니다.

죽을 때를 '숨을 거둔다'라고 하는데, 죽음을 맞이하는 사람들은 '하~' 하고 숨을 뱉고 끝나는 게 아니라 숨을 아주 깊이 들이마시고 대개 숨을 끊는다고 합니다. 가족이 지켜보는 가운데 숨을 거두는 사람이 있고, 그중에는 아무도 없는 때를 골라 숨을 거두는 사람도 있습니다.

이 이야기를 듣고, 방문간호사의 아버지는 부부의 즐거운 추억을 아내의 뇌리에 새겨두고 싶어 숨을 거두는 순간은 그녀가 없는 시간을 택한 거라고 생각했습니다.

방문간호사의 아버지는 죽기 조금 전에 딸과 둘이서 아

주 예쁜 석양을 본 적이 있었다고 합니다.

"생각해보면 그게 아버지가 내게 주신 생전 49일 선물이었나 봐요. 앞으로 예쁜 석양을 볼 때마다 아버지 생각이 나서 에너지를 받을 수 있을 것 같습니다."

이렇게 영화 상영 후 강의에서 생전 49일을 이야기하면 공연장에 있는 관객들이 지금은 여기에 있지 않은 소중한 사람의 마지막 49일을 되새기는 게 느껴져 그때마다 몸이 뜨거워집니다.

관점을 바꿔서 보는
생명의 빛

미야기현 케센누마시에서 〈이키타히〉를 상영한다는 이야기를 들었을 때 무서웠습니다.

이 영화의 부제는 '임종 간호, 생명의 바통'이기 때문입니다. 도호쿠 대지진(2011년 3월 11일, 일본 도호쿠 태평양 연안에서 발생한 해저 거대 지진)으로 목숨을 잃은 사람들은 예측할 수 없는 갑작스러운 재해로 인해 영문도 모른 채 돌아오지 않는 사람이 되었습니다.

영화나 강연에서 "숨을 거두는 사람의 몸의 온기를 받읍시다"라고 하면 "발견됐을 때는 이미 차가워져 있었습니다"

라고 하지 않을까, "끌어안고 마지막 배웅을 해줍시다"라고 하면 "시신도 아직 못 찾았습니다"라고 하지 않을까, "가능하면 자택에서 최후를 맞게 해주죠"라고 하자 "집도 추억도 다 떠내려갔어요. 당신은 좋겠네, 집도 가족도 있으니까"라는 말을 듣는 것은 아닌지 걱정되었습니다.

아직도 마음이 아픈 사람들에게 이런 영화를 상영하는 것은 결례가 아닐지, 신경을 건드리는 것은 아닐지… 그런 생각을 했습니다.

그러나 괴로운 마음이 많은 지역이니 더욱 영화를 보고 나서 제대로 배웅을 해줄 수 있을지 모른다, 조금이라도 마음의 정리를 도와줄 수 있을지 모른다, 그렇게 생각을 고쳐 나갔습니다.

이시마키에 있는 한 초등학교는 전교생의 70%에 해당하는 84명이 쓰나미에 휩쓸려 행방불명되었습니다. 아직도 행방이 묘연한 아이가 있습니다.

쓰나미에 휩쓸려 여덟 살에 죽은 초등학생을 '불쌍하다', '가엾다'라고 생각했다면, 그 순간에 그 아이는 우리의 인식이 반영되어 '불쌍한 아이', '가여운 아이'가 되어버립니다.

사람에게는 저마다 다른 얼굴과 다른 이름이 있듯이 사

람의 생명도 저마다의 길이가 있습니다. 이 지상에서 100년을 사는 영혼이 있는가 하면, 8년으로 끝나는 영혼이 있을지 모릅니다. 남편의 죽음과 마주한 이후 그렇게 생각하게 되었습니다.

마음이나 몸과는 다른 차원에서 영혼은 지상에서의 체류 기간을 알고 있고, 경우에 따라서는 병으로 끝을 맺거나 교통사고 또는 지진에 의한 쓰나미의 재해로 끝을 맺을지 모릅니다.

끝의 방법을 바꿀 수는 있어도 끝나는 날은 바꾸지 못하는, 의사도 가족도 본인조차 변경할 수 없는 것이 수명이라고 생각합니다.

병으로 삶을 달리한 사람을 생각할 때는 '힘들었던 건 아닐까', '지쳤을 것이다'라고 생각하기 쉽습니다. 사고로 유명을 달리한 사람을 생각할 때는 '아프지 않았을까', '억울하겠지'라고 상상하기 십상입니다.

쓰나미에 휩쓸려 죽은 아이를 생각하면 '숨 쉴 수 없어서 괴로웠겠지', '바닷물은 차갑겠지, 춥겠지'라고 상상해버리는 것입니다.

하지만 힘들고 슬픈 상상과 그 영혼이 주파수를 맞춰버

리면 영혼은 언제까지나 거기에서 벗어날 수 없다고 생각합니다. 우리가 억울하겠다고 생각함으로써 죽은 이의 억울함을 끌어들이는 식입니다.

그것보다는 그 사람이 가장 반짝반짝 빛이 났을 때에 주파수를 맞춰야 반드시 그 영혼도 기뻐해주고, 남겨진 사람도 그 영혼과 함께 살아갈 수 있는 게 아닐까요. 기쁨에 동조하는 것은 매우 중요합니다.

몇 년 전에 중학생 남자아이가 왕따를 당해 벌거벗은 채한겨울의 차가운 강물에 휩쓸려 죽는 안타까운 사건이 있었습니다. 피해자는 우리 집 둘째 아들과 동갑이었습니다.

그 사건에 대해 마사키에게 말했습니다.

"너가 이렇게 죽으면 엄마는 어떻게 될까?"

그랬더니 작은아들은 그랬습니다.

"얘는 천사일 수 있겠다. 누군가가 이 역을 맡고 모두가 왕따에 대해 깊이 생각해주기를 바라서 '그 역, 내가 맡겠습니다'라고 손을 든 이 아이는 천사야. 그러니까 단지 불쌍하다고 생각하면 반드시 그편이 불쌍한 거야."

'아프다'라든가 '불쌍하다'라고 느끼는 감성도 대단한 것입니다. 그러나 아주 조금, 바라보는 각도를 바꿔보면 또 다른 생명의 무게나 빛이 보이는 것임을 배운 것 같았습니다.

불과 네 살 즈음에 어머니의 자살을 처음 목격한 사람과 이야기할 기회가 있었습니다.

자식을 남겨두고 부모가 자살하면 아이는 그 사실만으로도 괴롭고 힘든데, 주위 어른들은 "저런 어린아이를 남겨두고 죽다니 너무한 부모다", "목숨을 함부로 하다니…"라며 수군대거나 남겨진 아이를 '가여운 아이', '불쌍한 아이'라는 눈으로 바라보기 십상입니다.

아이들은 민감하게 그것을 감지하고 점점 더 죽은 부모를 용서할 수 없게 됩니다. 그리고 부모를 용서하지 못하는 나를 용서하지 못하는 끝없는 괴로움을 짊어지게 됩니다.

내가 그녀에게 물었습니다.

"어머니는 어디에서 삶을 달리하셨어요?"

"코타츠입니다."

"다행이네요."

그녀는 처음에 이 사람이 지금 제정신인가 하는 듯한 얼굴로 나를 바라보았습니다.

"따뜻한 코타츠에서 임종하셨다면 다행이잖아요. 어머니 손이라고 생각하고 잡아봐 주실래요?"

손을 내밀자 그녀는 내 손을 잡은 채 그 자리에 주저앉아 오열하고 말았습니다.

어머니의 죽음에 대해 스스로 부정하고 주위로부터 비난을 받아온 그녀에게 어머니의 죽음에 대해 긍정을 받은 것은 처음이었나 봅니다. 그 일을 계기로 그녀는 생각을 조금 바꿀 수 있게 된 것 같습니다.

누군가에게 살해당했다면 죽인 상대방에게 원망의 감정이 생길 것입니다. 사고나 재해로 사망했다면 불운을 한탄하게 될 것입니다. 그러나 스스로 목숨을 끊는다는 것은 상당한 각오가 필요했을 것이고, 죽음 직전까지는 자신의 의지로 살아온 셈입니다.

그런 것들을 하나하나 머릿속에서 정리하면서 어머니를 용서하자, 용서하고 싶다라는 마음이 생겨나는 것이라고 생각합니다.

그녀로부터 '덕분에 어머니의 임종을 받아들일 수 있었습니다'라는 편지를 받았습니다. 그제야 그녀는 비로소 무거운 짐을 내려놓고 자신의 삶을 살아갈 수 있을지 모른다고 생각함과 동시에 죽은 어머니도 가슴을 쓸어내리고 있을 것이라고 느꼈습니다.

임종 간호는
문학

영화를 본 70대 노인이 상영회를 한 한참 뒤에 일부러 나를 찾아왔습니다. 영화를 본 지 얼마 되지 않아 모친상을 치렀다면서 말이죠.

"영화를 본 후라 정말 잘됐습니다. 어머니가 인생을 들여 쌓아온 생명의 에너지를 내 손으로 제대로 받을 수 있었습니다. 상주로서 장례식 때 무심코 "여러분, 부디 어머니께 박수를 부탁드립니다"라고 말했습니다. 어머니의 여행이니까 조문객들이 박수로 보내주어서 정말 다행입니다. 아마 어머니도 기뻐하셨을 겁니다."

또 그는 임종 간호를 문학이라고 말했습니다.

"집집마다 스토리가 있습니다. 인생의 마지막을 어떻게 마치는가, 그것은 가족이 함께 완성하는 최종 장(章)입니다. 마치 하나의 소설, 문학이라고 생각합니다."

소중한 사람이 삶을 달리한 시점에 관계가 끝나는 게 아닙니다. 죽은 후에도 영혼과 영혼의 연결고리는 이어집니다. 그는 어머니를 간병하고 나서 눈에 비치는 세상이 예전과 달라 보인다고 했습니다. 즉, 이야기는 다음 단계로 승화한 것이 아닐까요.

자택사

'종말기는 정든 집에서 보내고 가능하면 인생의 마침표는 가족과 함께 집에서', 즉 자택사(自宅死)가 내 생각이므로 병원에서 고생하는 의사나 간호사로부터 영화 〈이키타히〉는 받아들여지지 않을 거라고 예상하고 있었습니다.

그런데 영화가 완성되고 나니 의사회 주최로 병원 안에서 상영회를 열거나 요양시설 또는 간호대학에서 상영회를 요청해 적잖이 놀랐습니다.

어떤 교수는 간호대학 학생들은 기술을 배우거나 정보를 접할 기회는 있어도 '죽음'을 생생하게 배울 기회가 좀처럼 없기에 교재로 이 영화를 꼭 보여주고 싶다고 했습니다. 상영 후 학생들의 설문지에 '방문간호사가 되고 싶습니다'라는 소감도 있어 솔직히 기뻤습니다.

우리 집에 와준 방문간호사는 이런 말을 해주었습니다.

"방문간호는 경시받기 쉬운 풍조였어요. 의료 설비가 충분하지 않은 환자의 자택에서 방문간호사가 할 수 있는 일은 가정부의 일과 다르지 않을까 싶어서…. 당신 남편의 간호 현장에 함께 있게 해줘서 우리가 할 일이 많다는 걸 느꼈고, 간호사로서 더 자부심을 가져야 한다고 생각했어요."

죽은 사람과 더불어 살다

남편과 이인삼각으로 만든 영화를 많은 사람이 봐주고, 많은 감상을 들을 수 있었습니다. 그러고 보면 남편의 기록 영상을 계속 찍은 것도, 영화를 만든 것도, 모든 것이 필연이었다고 확신할 수 있습니다.

남편이 암에 걸려 47세에 생을 마감한 것조차 뜻을 끝까지 이루지 못해서 슬프거나 원통한 일이 아니라 하세가와 히데오로서 그다운 인생을 힘껏 살아낸 자랑스러운 일이라고 생각하게 되었습니다.

시인 가네코 미스즈의 시 〈별과 민들레〉에 이런 구절이 있습니다.

파란 하늘 저 깊이
바다의 작은 돌처럼 그렇게
밤이 올 때까지 잠겨 있는
낮의 별은 눈에 보이지 않아.
보이지 않아도 있어요
보이지 않는 것이라도 있어요.

육안으로 볼 수는 없지만, 소중한 사람의 영혼은 보이지 않을 뿐 거기에 있다고 믿습니다. 또 어둠 속의 초승달은 그 모습은 보이지 않지만, 시작의 상징이기도 합니다. 마찬가지로 육체는 사라져 없어졌지만, 다른 차원의 새로운 시작이라고 생각합니다.

살아 있는 우리는 사물을 생각할 때, 자신이 가지고 있는 지식이나 경험치의 범위 안에서밖에 생각할 수 없지만, 죽은 자는 이미 육체로부터 해방되어 일이든 공부든 하지 않아도 되고 식사나 수면도 필요 없습니다.

나에게 소중한 사람이 이 세상에서 곤란을 겪는 것을 보면 어떻게든 도와주고 싶지만, 자신의 차례가 주어지지 않으면 아무것도 할 수 없는 것이 아닐까 싶습니다.

과감히 천국의 남편에게 '맡긴다, 믿는다'라는 태도를 일상생활에 적용하는 것만으로도 꽤 편해지는 것을 느낍니다. 죽은 사람들은 힘을 보태고 싶어 나올 차례를 기다리고 있는 존재라고 생각합니다.

정신세계에 민감한 분을 만날 기회가 있었는데, 죽은 사람의 모습까지는 보이지 않지만, 영혼으로서의 에너지는 느낄 수 있다고 했습니다.

그에게 물었습니다.

"남편의 에너지는 지금 어떤 모습입니까?"

"죽은 후 영혼의 상태가 매우 가볍고, 활발하게 변하고 있는 것처럼 느껴집니다. 남편께서 '끝날 때의 방향성'이 좋았던 모양입니다."

물론 남편은 더 오래 살고 싶었을 것이고, 하고 싶은 일도 많았을 겁니다. 아이들의 성장도 옆에서 지켜보고 싶었을 겁니다. 하지만 숨을 거두는 그 순간, 자기 생명의 기한을 받아들여 망설임 없이 삶을 마감했기에 영혼이 홀가분할 수 있었나 봅니다.

사람은 누구나 본성에 따라 '누군가를 위해서 살고 싶다', '무언가 도움이 되고 싶다'라는 생각을 마음속 깊숙이 가지고 있습니다. 이 세상에서의 생을 마감할 때, 다음 무대에서의 '이뤄야 할 일'이 명확하게 있다면 그곳을 향해 발걸음을 내디딘다는 것은 결코 괴로운 일이 아닙니다.

상상 이상으로 일이 척척 진행될 때, 제힘이 아니라 남편의 인도라고 여깁니다. 그럴 때마다 '역시 그렇지, 꽤 파워업했군!'이라며 하늘을 향해 손을 흔들면 몸속이 뜨거워지는 것을 느낍니다.

'아, 죽은 사람과 함께 산다는 건 이런 거구나', '내게는 최강의 편이 있어!'라는 안도감이 듭니다. 안심하고 살 수 있는 토대가 있어 행복으로 이어지는 거라고 생각합니다.

남은 생명이 반년이라는 선고를 받고 두 달이 지났을 무렵, 욕실에서 남편의 등을 밀어줄 때 남편이 "나와 결혼해서 행복해?"라고 갑작스럽게 물어왔습니다.

"아이 넷 두고 죽으면 안 돼요"라고 난 답했습니다.

남편은 돌아서서 조용히 말했습니다.

"내가 죽을 것 같아? 난 죽지 않을 거야."

그때 어째서 '행복해'라는 말을 못 했을까 의아했는데,

죽은 후에도 가끔 그 질문이 들리곤 했습니다.

"행복해?"

이제는 지체 없이 당당하게 대답할 수 있습니다.

"지금이 가장 행복해요."

그렇게 대답할 때마다 천국의 남편도 해방되는 느낌이 듭니다.

이 세상과 먼저 작별한 사람들의 가장 큰 소원은 살아 있는 우리가 행복한 것입니다. 환희 속에 사는 우리의 모습을 보고 함께 기쁨을 공유하고 싶어 한다고 생각해주기를 바랍니다.

자신을 기쁘게 하는 데 주저하지 말고 자신의 더없는 행복을 따르는 것, 그것은 저세상에 있는 사람들의 기쁨과도 직결됩니다. 그 생활 태도야말로 머지않아 자신이 세상을 떠날 때 건네줄 수 있는, 눈에 보이지 않는 재산으로 축적되어가는 것이라고 생각합니다.

남편의 '나는 죽지 않아'라는 말의 진정한 의미는 '육체의 유무는 관계없는 거야'라는 것 같습니다. 머리가 아니라 몸으로 그렇게 느껴졌는데, 그것을 알게 된 것은 영화 〈이키타히〉를 완성한 후부터입니다. 하늘나라에서 자동서기로

온 남편으로부터의 조전(弔電) 중 '나는 함께해, 항상'이라는 힘찬 메시지를 남편의 무덤에 새긴 것도 내가 아니고 남편일 것입니다.

이 메시지는 네 명의 아이와 소중한 사람들과 영화 〈이키타히〉를 시청해준 모든 사람에게 내 유언이 될 것입니다.

벚꽃의 죽음을 지켜본다

벚꽃의 떨어진 꽃잎조차 사랑한다

벚꽃이 떨어질 때까지 살아간 모습 또한 아름답다

내년의 부활을 알기 때문에 깨끗하게 진다

봄을 알리는 역할을 아니 겨울을 넘길 수 있다

벚꽃을 국화(國花)로 하는 야마토 백성의 삶과 죽음

사람의 죽음도 자연의 섭리

영혼은 알고 있다. 다음에 이어지는 세계가 있음을

죽음은 선물

간호를 주제로 한 다큐멘터리 영화를 제작하는 과정에서 마음속에서 죽음에 대한 두려움이 사라졌습니다.

임종 간호 경험담을 인터뷰하거나 남편을 간병했을 때의 일, 남겨진 네 명의 아이가 한 말 등을 되돌아보는 가운데 '죽음'은 '선물'이라고 느끼게 되었습니다. 가는 사람으로부터 물려받는 사람으로, 그리고 창조주에서 모든 이에게로.

죽음은 그것을 전달하기 위한, 또 받기 위한 통과의례라고 생각합니다. 한정된 생명을 한탄할 수도 없고, 두려울 것도 없다고 이해했을 때 가장 중요한 것이 보였습니다. 그것은 '지금'을 사는 것입니다.

끝이 있다는 것을 전제로 두어 언제 끝날지 모르는 생명이기에 지금밖에 없습니다. 지금 자신의 감정을 제대로 맛보는 것, 그것을 인생에 새기는 것, 그것이야말로 죽음에 나타난다고 생각하기 때문입니다.

우리는 경험과 감동을 느끼기 위해 태어났습니다. 조금 객관적으로 자신을 바라보면 기쁨·슬픔·쾌감·절망·질투·후회 등을 맛보고 있는 스스로를 사랑스럽게 생각한다는 걸 알 수 있습니다.

슬픔의 구렁텅이에 있을 때 '그래, 그렇구나', '슬프다… 슬플 때는 울면 돼', '같이 울어줄게', '참지 않아도 돼. 눈물이 마를 때까지 울어도 돼', '속상하다, 화나지? 화내도 질투해도 부러워해도 좋아', '있는 그대로의 모습이 좋아', '감정을 숨기지 말고 충분히 음미해보는 게 좋아', '자기한테 정직하자' 등 자신이 자신에게 기대면서 공감해주면 꽤 살기 편하고, 그 관점은 자신만의 것이 아니라 먼저 삶을 달리 사람들도 그런 식으로 자신을 지켜보고 있음을 느낄 수 있습니다. 생과 사의 경계가 사라지는 느낌도 듭니다.

죽음에 대한 비정상적인 두려움이나 불안이 쓸데없는 연명치료로 치닫는 원인 중 하나가 되는 것 같습니다. 죽음은 패배도, 나쁜 것도, 피할 것도 아닙니다. 변화라고 인식하면 육체에 대한 집착도 죽은 사람에 대한 미련도 사라집니다. 끝나는 게 아니구나 하는 안도감과 비슷한 느낌입니다.

전국 곳곳의 상영장을 전전하면서도 영화 〈이키타히〉와 함께 죽은 사람과의 공존을 되찾기 위한 활동을 하고 있는지 모릅니다.

영화를 본 관객이 소중한 누군가를 생각해내고, 그것을 말하고, 다시 만나 그 존재를 느끼면서 다시 보는 것을 알 수 있기 때문입니다. 사람은 언제든지 살아날 수 있구나 하고 기뻐할 수 있었습니다.

어떻게 생각할지는 제각각이지만, 자신이 살기 쉬워진다면 그것이 그 사람에게 정답입니다.

남편이 목숨을 걸고 남긴 기록을 영화로 만들고 남편이 쓴 일기를 공저로 출판하게 된 것도 시나리오대로였다고 해석하고 있습니다. 남편은 육체를 내놓음으로써 영화 〈이키타히〉로 부활해 제 역할을 하고 있다는 실감이 납니다.

묘한 이야기지만, 죽고 나서 처음으로 결혼한 이유를 알 것 같은, 육체의 유무를 넘어 한 쌍이 될 수 있었던 것 같은 느낌입니다.

그것은 상영장에 반드시 나타나는 다홍나비가 말해줍니다. 계절이나 장소에 관계없이 어디선가 다홍나비가 회장을 찾아옵니다. 내가 그 나비를 향해 손을 흔들면 현장을 목격한 사람들도 남편이라면서 수긍을 해줍니다.

책 표지의 나비를 그려준 큰딸은 우리 부부를 옆에서 가장 오래 보아온 사람입니다. 그런 딸이 그림을 곁들여주어서 남편도 기뻐하고 있을 것입니다.

6개월 시한부라는 선고를 받고 얼마 되지 않았을 무렵, 온 가족이 만든 나무 갑판에 다홍나비 한 마리가 날아오더니 남편의 샌들에 앉았습니다. 내가 살금살금 다가가서 휴대전화 카메라로 촬영하고 있는데 그 모습을 보던 남편이 흐뭇하게 말했습니다.

"예쁜 나비야, 도망가지 않는구나."

지금도 그 샌들에 나비가 앉아 있을 때가 있어서 당시의 정경이 되살아납니다.

남편의 성묘를 가면 꼭 나비가 찾아옵니다. 영화 〈이키타히〉 마지막 장면에서도 남편 무덤 주위를 다홍나비가 날고 있습니다. 12월 14일, 겨울에 치러진 삼회기(三回忌, 사람이 죽은 후 3년째 기일)에도 칠회기(七回忌, 사람이 죽은 후 7년째 기일)에도 묘비 주위를 나비가 날고 있어서 법회에 모인 친척들은 매우 놀랐습니다. 나비는 '변화'의 상징이기도 한데 남편이 여전히 변화를 반복하고 있는 듯한 기분이 듭니다.

나비가 가까이 다가올 때마다 '함께 있어'라는 소리 아닌 목소리가 온몸에 울려 퍼집니다. 소리 없는 사람의 소리에 귀를 기울인다, 모습 없는 사람의 체온을 느낀다, 그렇게 해서 죽음과 함께 살게 되면 죽음이 좋은 거라는 생각을 하게 됩니다.

'몇 살에 죽었는지', '어디서 죽었는지', '어떤 식으로 죽었는지'와 관련 짓기보다는 그 사람의 존재 자체를 느끼는 데 마음을 기울이면 자기 안에 숨 쉬고 있음을 알 수 있습니다. 생명은 이어져 있다는 일체감을 죽은 사람은 바라고 있는 것이 아닐까 싶습니다.

이 책을 읽은 여러분의 지금은 이 세상에 없는 소중한 사람들, 그리고 지금 가까이 살아 있는 소중한 사람들과의 재출발을 위한 한 걸음이 되었으면 좋겠습니다.

잠깐 죽을 뿐

사람은 왜 죽는 걸까?

태어난 데 지나지 않는다

노쇠, 질병, 사고, 재해, 자살…

보고 있는 건 '죽는 방법'이지

'죽음' 그 자체는 아니다.

'죽는 방법'으로 그 사람을 판단하지 않고

살아온 역사를 긍정한다.

몇 살에 끝나든

어떤 죽음이든

'죽음' 자체는 고귀하다.

육체는 반드시 끝이 난다.

끝나는 것은 나쁜 일이 아니다.

원래 끝나게끔 만들어져 있는 거니까

네 목숨은 네가 만든 것이 아니다.

생명을 준 것이 신이라면

끝내는 것도 신이라고 생각하지 않는가

죽음이란 살아온 일에 대한 궁극적인 보상

너의 얼굴도 육체도 재능도

그리고 이름조차 원래는 없었다.

그 상태로 되돌아갈 뿐

놓아주고 갈 뿐

너를 사랑한 신은

그대의 유해를 놔두고

어디론가 사라져버릴 거라고 생각하는가

신의 사랑이 영원하다면

육체의 유무에 좌우되지 않고

너에 대한 사랑도 계속되어간다.

그러니까 괜찮다.

모든 것은 과정

변용을 반복하는 나비처럼

죽음도 변용의 통과점에 불과하다.

두려울 것 없다.

조금 죽을 뿐이니까.

운명 같은 인연

하세가와 히로코 씨와는 대학생 때부터 아는 사이입니다. 아는 사람이라기보다 히로코 씨는 당시부터 눈에 띄는 사람이었습니다. 용모도 아름답고, 노래도 부르고, 춤도 추고, 작사와 작곡 등도 하던 존경스러운 존재였습니다.

대학을 졸업한 후 한국에 시집을 오게 되어 히로코 씨와는 전혀 다른 환경에서 지내다 보니 만나는 일도, 연락하는 일도 없었습니다.

2016년경, 한국에 거주하는 일본인들이 모여 '해피서울'이라는 커뮤니티를 만들었습니다. 그 멤버 중 몇몇이 일본 다큐멘터리 영화 〈하느님과의 약속〉에 한국어 자막을 넣자고 해서 나를 포함한 10명이 무료 봉사로 자막을 완성하고 2017년 9월에 상영회를 열었습니다.

그때 작가이기도 하면서 시코쿠의 순례자로 활약하던 최상희 씨도 보러와 주었습니다. 그녀는 〈이키타히〉라는 다큐멘터리 영화도 훌륭하니 꼭 한국어 자막을 달아달라며 부탁을 했습니다.

〈이키타히〉 영화감독의 사진을 본 순간 어디서 본 것 같은 생각이 들었습니다. 기모노 차림을 한 우아한 영화감독과 달리 내가 기억하는 히로코 씨는 대학생 시절 청바지에 티셔츠를 주로 입는 러프한 스타일이었습니다.

얼굴은 비슷하지만 설마라고 생각하면서도 결혼하기 전의 성이 궁금하다고 최상희 씨를 통해 메시지를 보냈더니 아라카와라는 답이 돌아왔습니다. 깜짝 놀랐습니다. "어, 이분 알아요!"라고 외쳤습니다. 약 30년 만에 히로코 씨, 아니, 히로코 감독과의 인연이 이어지게 된 거죠.

2019년 2월 서울에서 소규모로 상영회를 개최했습니다. 당시 그 자리에 온 사람들은 저마다 여러 가지를 느낀 것 같습니다. 히로코 감독의 이 훌륭한 메시지를 한국 사람들에게도 전할 수 있으면 좋겠다 싶어서 이 영화에 꼭 한국어 자막을 넣게 해달라고 감독에게 요청했습니다.

그러나 혼자 힘으로는 도저히 할 수 없었습니다. 전문 드라마 번역가 후나미 에카 씨의 도움을 받아서 자막을 완성할 수 있었습니다. 2020년 1월의 일입니다. 한국어 자막 상영회를 원했지만 이후 코로나 팬데믹으로 인해 한국은커녕 일본에서도 열기 어려워졌습니다.

코로나19 상황에서 2020년 9월에 만 80세 생신을 맞은 지 얼마 되지 않은, 일본에 계신 친정아버지가 뇌의 대동맥 혈관이 터져서 갑자기 쓰러졌습니다. 그 후 의식이 돌아오지 않은 채 가족과 거의 접촉도 대화도 하지 못하고 7개월 후인 2021년 4월에 타계하셨습니다.

임종을 함께하기는커녕 장례식조차 가지 못한 채 부친상을 치렀는데, 2022년 1월 돌아가신 아버지가 처음으로 내 꿈에 나타났습니다. 그때 몸이 작게 쪼그라들고 얼굴은 쭈글쭈글해진 아버지 옆에 히로코 감독이 있었습니다.

아버지의 이야기를 히로코 감독이 부드럽게 감싸듯이 다가와서 들어준 덕분에 아버지의 얼굴이 밝게 빛났습니다. 나도 꿈속에서 "아버지, 돌아가시기 전에 만나서 다행이에요"라고 울면서 안으려는 순간 잠이 깼습니다.

이 꿈이 계기가 되어 히로코 감독에게 오랜만에 메시지를 보내 이런저런 이야기를 하다 보니 〈이키타히〉의 한국어판 책을 만드는 데 의견을 모았습니다. 그러나 무엇을 어떻게 해야 좋을지 몰라서 간자와 대표와 의논했습니다.

"몇 년 전에 그 책을 누군가에게 받아서 읽었는데, 굉장히 좋았어. 출판하고 싶었는데 그때는 안 됐지. 다시 이 책을 만나다니 운명임을 느꼈어. 이번에는 도울게."

놀랍기도 하고 감동을 받았습니다. 지금 생각하면 히로

코 감독의 남편이나 나의 아버지나 그 외 눈에 보이지 않는 존재로부터의 인도가 있었던 게 아닐까요.

간자와 대표의 도움 덕분에 그 후는 순조롭게 진행되었습니다. 번역 문제를 고심하던 순간에 히로코 감독이 꼭 나에게 부탁하고 싶다고 했습니다. 전문가도 아닌데 신뢰해주고 맡겨주어 참 기뻤습니다.

그러나 한국어 실력이 무척 부족했습니다. 가족 모두가 서로 도와주면서 어떻게든 번역하는 데 매달렸습니다. 우리 가족이 이 책을 접할 수 있었던 것도 감사하고 있습니다.

히로코 감독의 메시지가 한국에서도 확실히 전해질 수 있도록 한 마디 한 마디 고민하면서 기원하는 마음을 담아 한글로 옮기는 작업을 했습니다. 그 과정에서 히로코 감독의 남편과 아버지가 도움을 주지 않았을까 싶습니다.

역자 후기

서툰 번역을 교정하고 책을 아름답게 만들어준 한스컨텐츠출판사에 감사의 마음을 전합니다.

이 책을 읽는 여러분이 죽음은 두려운 것이 아니라고 생각해 죽음의 공포에서 해방되기를 바랍니다. 일상을 살아가면서 삶의 기쁨을 더욱 음미하면서 살아가길 또 간절히 바랍니다.

히로코 감독은 천지 합동으로 영화를 만드는 위업을 이루었고, 지금도 육신이 없는 남편과 마음을 합치며 전국 강연을 이어가고 있습니다. 우리도 눈에 보이지 않는 사람들의 힘을 빌려 천지 합동으로 나아가다 보면 반드시 최선이자 최고의 방향으로 갈 수 있지 않을까요?

여러분의 행복을 간절히 기원합니다.

다 말할 수 없는 모든 것에 감사하며….

생전 사십구일

1판 1쇄 인쇄 2022년 5월 9일
1판 1쇄 발행 2022년 5월 21일

지은이 하세가와 히로코·하세가와 히데오
옮긴이 마키야마 쿠미
기획 간자와 타카히로

펴낸이 최준석
펴낸곳 한스컨텐츠
주소 경기도 고양시 일산서구 강선로 49 404호
전화 031-927-9279
팩스 02-2179-8103
출판신고번호 제2019-000061호 **신고일자** 2004년 4월 21일

디자인 제이알컴

ISBN 979-11-91250-07-7 03830